KB080548

덕다이브

덕다이브

이현석 소설

차례

일러두기
이 책에 실린 일부 외국어 고유명사는 원지음에 가깝게 표기하였다.

삐라따

PIRATA
죽었으나 화장되지 않은 자들의 혼령.

검정색 민소매 양옆으로 드러난 태경의 팔뚝에 빗방울이 후드득 떨어졌다. 물기가 닿는다는 느낌이 들자마자 비가 쏟아지면서 시야가 흐려졌다. 바이크 속도를 늦춘 태경이 핸들을 옆으로 꺾었다. 우기의 발리는 오후만 되면 스콜이 내렸지만 그래도 이른 시각이었다. 태경은 문을 닫은 길가의 노점으로 다가가 처마 밑에 바이크를 세웠다. 땅에 발을 딛자 플립플랍을 신은 맨발에 끈적끈적한 것이 밟혔다. 아래를 보니 검댕 같은 구정물이 상어 문양 타투를 새긴 왼쪽 종아리에 튀어 있었다.

까맣게 탄 피부 위로 색이 바랜 타투는 이곳에서 보낸

삼년을 새삼스레 일러주었다. 처마 밖으로 다리를 내밀어 구정물을 씻어낸 태경이 물기를 털어내고는 가게 문턱으로 갔다. 문턱을 깔고 앉아 바이크 좌측면 랙에 거치해둔 서핑보드를 바라봤다. 원래 타던 보드가 반파되었던 사고 이후, 서핑캠프 사장인 종민이 태경의 일년 근속을 기념하여 주문 제작해준 것이었다. 20미터가 넘는 높이의 파도를 타면서 세계기록을 깬 브라질의 서퍼 마야 가베이라의 시그니처 모델을 카피한 하얀색 숏보드로, 보드를 바라보기만 해도 입가에서 웃음이 떠나지 않던 때가 있었다.

매일 해도 매일 새로운 스포츠였다. 조금 탄다 싶을 즈음이면 어김없이 자연의 배 속으로 삼켜져 고배를 맛봐야 했다. 한계를 갱신하고 있다는 확신과 끝내 익숙해지지 못하리라는 감각이 평행하여 질주했다. 희망과 절망을 오가며 출렁이는 너울은 이 스포츠에 한번 빠져들면 외골수로 골몰하게 되는 수십가지 이유 중에서도 태경을 사로잡은 단 하나의 이유였다.

스물여덟살이 되던 해인 2017년, 태경은 버킷리스트 중 한가지를 실행하기 위해 발리로 왔다. 처음에는 '퇴사 후여행'이라는 청춘의 진부한 경로였을지 모르나 이후의 삶은 진부함과 거리가 멀었다. 생초보로 짱구시 교외의 민스서프에 온 태경은 단박에 이 스포츠에 매료됐다. 사지가 달린 고대의 고래가 바다로 들어가 다시는 뭍으로 돌아오지 않았던 것처럼, 현지인 인스트럭터가 밀어주는 보드 위에서 처음으로 물살을 갈라본 태경은 다시는 그전으로 돌아가지 못했다.

현장 강습, 영상 리뷰, 지상 훈련으로 이어지는 민스서프의 강습 일정은 '발리의 태릉선수촌'이라 불릴 만큼 혹독했다. 한국인들은 이상하게도 그런 빡셈을 좋아했는데 태경도 예외는 아니었다. 휴가지에서도 기꺼이 구슬땀을 흘리려는 손님들은 입소문을 따라 이곳을 찾았다. 그런 손님들 중에서도 가장 하드코어한 장기 강습생으로 반년을 지낸 태경은 모아둔 돈이 다 떨어지자 아예 이곳 강사로 취직했다.

강사가 된 후에도 태경은 매일 바다로 나갔다. 강습을 하면서 태경 또한 그날그날 달라지는 파도에 따라 매번 달라지는 퀘스트를 뚫는 일을 낙으로 살았다. 그것만으로도 벅찬 하루였다. 그것만으로도 충만해지는 삶이었다. 다른 극한 스포츠처럼 서핑도 위험하리만치 중독성이 강한 운동이었다. 그 사고가 없었더라면 태경은 여전히 솟구치는 아드레날린에 뇌를 절여 가며 바다 위를 헤매고 있었을지도 몰랐다.

사고는 2018년 10월의 어느 일요일에 벌어졌다. 그날 아침 태경은 울루와뚜 스폿을 체험하고 싶어 하는 상급자 캠프생 대여섯명과 함께 종민을 따라 발리섬 남쪽으로 향했다. 주말은 강습일이 아니었지만 몸이 근질근질하기는 태경도 마찬가지였다. 서핑 고수들이 모이는 스폿이었기에 욕심도 났다.

울루와뚜 바다는 날카로운 산호초와 뾰족한 바위들이 즐비해 위험하기로 유명했다. 잘못 고꾸라지면 큰 부상으로 이어지기도 하는 곳이었다. 역설적으로 이 딱딱한 지형 덕분에 서핑에 안성맞춤인 파도가 컨베이어벨트에서 찍어낸 듯 항상 같은 지점에서 만들어졌는데, 서퍼들은 이런 지점을 '포인트브레이크'라 불렀다. 원숭이들이 노니는 절벽사원으로 유명한 울루와뚜 꼭대기서부터 아래로 하염없이 이어지는 돌계단을 따라 해변으로 내려가 바다로 200미터가량 나가면 이런 포인트브레이크들에 닿을 수 있었다. 바다 오른편의 메인 구역은 파도를 자유롭게 가지고 노는 발리의 로컬서퍼들과 호주에서 온 프로선수들로 붐볐다. 거기에 비해 파고가 2미터 내외인 좌측의 포인트브레이크들은 일년간 서핑에 매진해온 태경의 실력으로도 파도를 잡을 만했다. 실력이 어떠하든 울루와뚜 같은 바다에 들어온 이상 어느 지점을 택하더라도 다른 서퍼들에게 자비심을 바라기란 불가능에 가까웠다. 1960년대 하와이에서 현대적인 서핑이 시작된 이래, 서퍼들은 이 스포츠를 안전하게 즐기기 위한 규칙들을 발달시켜왔다. 그중에서도 지난 수십년간 변함없이 제일 중요하게 지켜지는 규칙은 이것이다.

하나의 파도에는 한명만 타야 한다.

솟아오른 파도가 하얗게 깨지기 시작하는 부분. 서퍼

들은 그곳을 '피크'라 부른다. 파도에 대한 우선권은 피크 가까이에 있는 사람이 가진다. 보드에 엎드려 팔을 젓는 동작인 '패들링'을 하면서 피크가 만들어져 파도를 타는 지점인 '라인업'까지 나간 서퍼들은 그곳에 둥둥 떠서 자기만의 파도를 기다린다. 그러다 먼바다에서부터 너울이 꿈틀대면, 피크를 먼저 잡기 위해 서퍼들은 앞다투어 너울을 등지고 미친 듯이 패들링을 한다. 보드의 꼬리 부분이 들리면서 머리부터 물에 처박힐 것만 같은 그때, 공포를 이기고 일어선 사람만이 파도의 주인이 된다.

이 규칙을 고의로 어기면 로컬서퍼들에게 찍혀 다시는 같은 해변에 발을 붙이지 못하기도 한다. 파도를 뺏긴 서퍼와 파도를 뺏은 서퍼가 잘잘못을 따지며 주먹다짐을 하는 모습도 서핑으로 유명한 해변에서는 심심치 않게 볼 수 있는 풍경이다. 뭍에서 관망하면 마냥 자유로워 보이는 이 스포츠는 사실 무척 엄격한 룰에 의해서 유지된다.

"인마! 너 저기 가면 모가지 따여!"

메인 구역으로 가고 싶어 하는 태경에게 종민이 경고한 것도 같은 이유에서였다. 깡마른 몸에 파란색 반바지만 입은 종민이 숏보드 위에 앉아 누런 장발머리를 뒤로 쓸어 넘겼다. 파도에 휘말리면 몸을 둥글게 말아라. 어차피 몸은 뜬다. 파도가 다 지나갈 때까지 나오려고 애쓰지 마라. 물 밖으로 나올 때는 머리를 감싸라. 한번 시작하면 듣는 사람의 귀에서 피가 날 정도로 쏘아대는 종민의 잔소리에 태경이 역정을 냈다.

"쯤! 내가 무슨 초밥도 아니고!"

"뭐, 가고 싶음 가보든가. 너도 겪어봐야 늘지."

종민이 다가오는 너울을 보면서 말했다. 바짝 다가오는 너울을 등지고 보드에 엎드린 종민이 팔을 세번 젓고는 테이크오프 동작을 취했다. 서핑보드 위로 일어서는 동작인 테이크오프를 위해 두 팔을 아래로 쭉 뻗어 보드를 지그시 누른 그가 피크 반대편인 왼쪽 면을 바라보며 머리를 치켜들었다. 종민의 시선을 따라 보드가 왼편으로 부드럽게 틀어졌다. 한쪽 무릎을 가슴팍으로 가져와 어깨너비 보폭으로 보드 위에 구부정하게 선 종민이 파도의 면을 따라 위아래로 움직이면서 멀어졌다. 파도 보는 눈을 키워라. 올바른 정보를 숙지해라. 보기에만 그럴듯한 몸은 필

14

요 없다. 정확한 근육을 발달시켜라. 자수성가한 한국 아저씨 특유의 앵앵거림은 익숙해지려야 익숙해지지 않았지만 타협 없는 운동철학만큼은 태경이 속 깊이 존경하는 부분이었다. 군더더기 없는 동작으로 파도를 타는 종민을 지켜보던 태경은 보드를 돌려 메인 구역으로 향했다.

동양인 여성 숏보더는 서핑의 성지인 발리에서도 찾아보기 드물다. 라인업에 떠 있는 남자들은 인종을 불문하고 태경 곁으로 다가와 어느 나라에서 왔느냐, 발리에 온 지는 얼마나 됐느냐, 어디서 지내냐, 이따 빈땅맥주 한잔하자는 식으로 말을 걸면서 파도를 양보해주기도 했다. 그러나 태경이 대꾸를 않은 채 파도 잡는 일에만 집중하자 그들이 잠깐 보여주었던 관대함은 오간 데 없이 사라졌다.

"Don't waste a wave, bitch!"

백인 서퍼 하나가 소리쳤다. 피크에 더 가까이 있던 태경은 욕설을 무시하고 계속 패들링을 했다. 남자는 격렬하게 팔을 휘젓는 태경이 무안해질 만큼 가벼운 패들링으로 태경 앞을 질러 피크를 차지했다. 매너에 어긋나는 행위였으나 규칙은 규칙이었다. 아무리 열이 받아도 걸음마를 뗄 때부터 파도를 탄 이들을 제치기에는 역부족이었다. 테이크오프를 한 남자가 태경을 노려보며 괴성을 질러댔다. 남자는 태경의 코앞에서 보드를 뒤로 팩 돌리며 스프레이를 뿌리듯 보드 아래 붙은 날카로운 핀으로 거칠게 물을 튀겼다. 태경이 겁에 질려 파도 뒤로 몸을 피하자 다른 서퍼들이 손가락질을 하며 낄낄댔다.

숏보드의 최고 시속은 70킬로미터다. 에폭시 수지를 유리섬유로 단단히 감싼 보드가 목을 가격한다면 당연히 즉사한다. 태경을 향한 그들의 비웃음은 네가 죽지 않을 만큼 보드를 제어할 수 있다는 과시나 다름없었다. 달리 말하면 빨리 꺼지라는 뜻이기도 했다. 태경이 한쪽 손바닥으로 수면을 내리치자 그들은 더욱 크게 웃어댔다. 붉어진 얼굴로 진저리를 친 태경은 보드 앞머리를 돌렸다. 종민과 캠프생들이 있는 지점으로 돌아가기 위해 패들링을 하려는 찰나 누군가 큰 소리로 외쳤다.

"Outside!"

그것은 경고 메시지였다. 좌우로 한꺼번에 부서져 서핑을 할 수 있는 길이 만들어지지 않는 파도, 즉 '클로즈아웃'이 다가오고 있으니 파도 안에 갇히기 전에 너울 뒤로 넘어가라는 뜻이었다. 태경은 뒤를 돌아봤다. 못해도 3미터는 넘을 파도였다. 너울을 향해 보드 앞머리를 돌린 태경이 보드에 엎드린 채 너울의 경사면이 코앞까지 다가오기를 기다렸다가 두 손으로 보드를 힘껏 눌렀다. 보드의 뾰족한 앞부분이 파도로 부서져가는 너울 아래로 파고들었다. 보드와 함께 태경의 몸도 경사면 아래로 꽂혀들었고 물살이 웅, 소리를 내며 귓가를 스쳤다.

　너울이 품고 있는 위치에너지는 파도로 부서지면서 운동에너지로 바뀐다. 파도의 운동에너지는 파도의 경사면 가운데에서 극대화되는데, 서핑은 이 부분의 에너지를 이용하는 스포츠다. 만약 제때 파도의 경사면 위로 올라서지 못하면 세탁기에 빨려들어간 것처럼 파도에 휘말려 통돌이를 당할 수밖에 없다. 역으로 이 경사면 아래로 잠수한다면 저항 없이 고요한 수중 세계 속으로 들어갈 수 있다.

경사면 아래로 보드를 찔러 넣은 태경이 숨을 참았다. 잠영을 하며 눈을 홉뜬 태경 위로 해파리 한마리가 굴러 갔다. 파도가 머리 위를 지나가자마자 태경은 오른발로 보드 뒤쪽을 찍어 눌렀다. 보드 앞이 들리면서 수면 위로 솟아오른 그가 참았던 숨을 몰아쉬고는 얼굴을 닦았다.

바늘을 꿰는 것처럼 수면 아래로 파고들어가 타지 못할 파도를 피하는 이 기술을 서퍼들은 '덕다이브'라 부른다. 기억에 남을 만한 큰 파도를 상대로 덕다이브에 성공한 태경이 미역줄기처럼 내려온 머리카락을 걷어 넘기는데, 방금 지나간 파도의 곱절만 한 너울이 시야를 가로막았다. 파도와 파도 사이에 간격을 두지 않고 연달아 몰아치는 소위 '귀신 세트'였다. 태경은 허겁지겁 보드에 엎드려 다시 덕다이브를 시도했다. 하지만 이미 하얀 포말로 덮쳐 오는 파도에는 소용이 없었다. 보드와 같이 파도에 휘말린 태경은 롤러코스터를 탄 것처럼 거센 물살을 따라 물 아래 바닥으로 내동댕이쳐졌다. 산호초인지 암초인지 모를 뾰족한 물체가 왼쪽 옆구리부터 등까지 찢자 태경의 입에서 비명이 공기방울로 터져나왔다. 부족해진 공기 때문에 태경은 수면 위로 올라가려고 버둥거렸으나 그럴 수 없었다. 발목과 보드 뒤쪽을 연결하는 고탄력 끈인 '리쉬'가 바위틈에 엉킨 탓이었다. 다급한 손길로 오른쪽 종아리를 더듬거린 태경이 발목을 휘감은 리쉬의 벨크로를 뜯어내다시피 풀었다. 물 밖으로 머리를 내밀기 무섭게 다음 파도가 또 몰아쳤다. 그 파도를 타고 두동강 난 제 보드의 반쪽이 태경에게로 돌진해왔다. 반파된 보드는 반사적으로 머리부터 감싸고 있던 태경을 강타했다.

"이 화상아! 내가 조심하라고 했지!"

로컬서퍼들에게 구조된 태경이 해변에서 정신을 차린 직후부터 화를 내기 시작한 종민은 좀처럼 감정을 추스르지 못했다. 병원으로 가는 차를 운전하면서도, 태경이 엑스레이를 찍을 때도, 현지인 의사가 태경의 상처를 봉합하는 중에도 종민은 자기가 뭐랬느냐며, 살아 있는 게 요행인 줄 알라고 끊임없이 잔소리를 해댔다.

"그만 좀 하라고! 누군 다치고 싶어서 다쳤나!"

태경이 대거리를 하자 "시끄러! 넌 아가리부터 조졌어

야 했어!" 하고 소리친 종민은 흥분한 목소리 그대로 의사
에게 인도네시아말로 무어라 물었다. 의사가 짤막하게 답
하니 종민이 "어이구, 진짜!"라고 외치며 이마를 짚었다.
기어들어가는 목소리로 사람 겁나게 왜 그러느냐며, 심각
한 거냐고 묻는 태경을 노려본 종민이 "마!" 하고 호통을
쳤다.

"너도 병원 일 해봐서 알 거 아냐?"

"뭔 상관이래…… 왜요? 쟤가 뭐라는데?"

"의사 새끼들 하는 말이 다 똑같지. 쉬란다, 푸욱!"

종민이 '푸욱'이란 말과 함께 검지로 태경의 이마를 밀
었다. 태경은 손등으로 이마를 닦았다. 평소 같으면 왜 사
람 머리를 건드리느냐며 짜증을 냈겠지만 종민이 불같이
화를 내는 까닭도 알았기에 태경은 입맛 다시는 소리만
냈다.

교외의 단층주택 한채로 서핑캠프를 운영하던 종민은
그즈음 짱구 시내의 3층짜리 풀빌라를 임대해 사업을 확
장하고 있었다. 그런 시기에 일머리 좋은 직원이 열외가
되는 건 종민의 계산에 없던 일이었다.

반파된 보드를 막느라 왼쪽 손목 인대가 찢어진 태경은 석달간 현장 강습에 참여하지 못했다. 풀빌라로 옮겨 갈 시기에 맞춰 강사 일을 시작하기로 했던 지호가 일정을 앞당겨 발리로 들어오지 않았다면 캠프 운영에 차질이 빚어졌을지도 몰랐다. 지호는 서귀포에서 나고 자라 고등학생 때부터 제주도의 서핑스쿨에서 아르바이트를 해온 터라 바다에서 태경의 빈자리를 그럭저럭 메웠다. 지호가 현장 강습을 끝낸 강습생들을 데리고 캠프로 돌아오면, 종민은 강습생들을 한자리에 모아 현지인 촬영기사가 해변에서 찍은 라이딩 영상을 함께 돌려봤다. 올바른 자세와 규칙 준수, 단단한 멘탈을 중시하는 종민은 강습생 각자의 문제점을 세세하게 지적하며 제대로 지키지 못한 서핑 규칙이나 안전수칙을 복기시켰다. 그러면서도 파도를 겁내는 사람이 있으면 나약한 정신머리를 호되게 나무랐는데, 그 모습은 따끔한 일침으로 유명한 대치동 일타 강사들을 방불케 했다.

하는 수 없이 지상 훈련을 맡게 된 태경은 종민의 지적 사항들을 기억해뒀다가 영상 리뷰가 끝나면 거실과 풀장 곳곳에서 강습생들이 바른 자세를 숙달할 때까지 같은 동작을 반복시켰다. 최소 백번씩 반복되는 훈련에 곡소리가 끊이지 않았으나 다음 날 바다에 나갔다가 돌아온 강습생들은 하루 만에 달라진 자신의 모습에 누구보다 본인들이 가장 만족했다.

강습생들이 성장해나가는 모습을 지켜보는 일도 보람은 있었다. 그러나 태경에게 서핑을 하지 못하는 발리는 지루한 휴양지 이상이 되지 못했다. 재활을 하는 동안 바다에 나가지 못하는 날이 길어지면서 우울감에 시달렸던 태경은 부상이 회복된 뒤로는 서핑에 필요한 코어 근육과 상체를 발달시키는 운동에 매달렸다. 아직 자신이 젊고 건강하기에 이러한 삶이 가능했음을 절실히 깨달았기 때문이었다.

태경은 오래도록 파도를 타고 싶었다. 이외에는 생각하고 싶지 않았다. 언젠가는 그만둬야 하는 날이 오겠지만 최대한 그날을 먼 미래로 미루고 싶었다. 그렇게 운동을 하는 사람으로, 또 운동을 가르치는 사람으로 하루하루 최선을 다해 살아왔는데 이곳에서의 삶이 갑작스럽게 막을 내리고 있었다.

처마를 때리던 빗줄기가 가늘어졌다.

태경은 검은색 보호대를 찬 손목을 꾹꾹 눌렀다.

사고 후, 태경의 왼쪽 옆구리에는 맹수가 할퀸 듯한 흉터 두줄이 남았다. 태경의 흉터를 처음 보는 강습생들은 타투로 가려보라는 말을 하기도 했다. 태경은 그럴 생각이 없었다. 바다에서 얻은 흉터는 서퍼들 사이에서 일종의 훈장이었다. 가리기는커녕 틈만 나면 서로 보여주고 싶어서 안달이었다. 통증은 달랐다. 보이지 않는 고통은 명예가 되지 못했다. 팔목의 통증은 사라진 것 같다가도 예고 없이 돌아오곤 했다. 시도 때도 없이 비가 쏟아지는 우기가 되면 통증이 오는 주기도 빈번해졌다.

이 비가 그치면 태경은 해변으로 가야 한다. 그곳에는 캠프에서 승합차를 타고 출발한 마지막 강습생들이 먼저 도착해 있을 것이다. '마지막 강습생'이라는 말이 태경의 입안에서 낯설게 맴돌았다. 실감이 나지 않았다. 그들이 떠나면 자신도 떠나야 한다. 돌아갈 준비가 되어 있지 않왔다. 돌아갈 생각도 해본 적이 없었다. 빗소리가 멎자 문턱에서 몸을 일으킨 태경이 엉덩이를 털었다. 언제 퍼부었냐는 듯 말개진 하늘처럼 어느 것 하나 현실로 느껴지지 않았다.

그중에서도 가장 실감이 나지 않는 사실은 다영의 존재였다. 마지막 강습생 중에 여전히 다영이 남아 있었다. 그를 떠올리다 허탈해진 태경이 도리질을 치고는 바이크의 시동을 걸었다.

이제는 정말 가야 할 시간이었다.

까르야

KARYA

일, 노동.

"조선 땅 불효자식은 여기 다 모였어!"

2020년의 설날 아침. 종민은 서른명에 달하는 강습생들을 둘러보며 너스레를 떨었다. 중국에서 발견된 바이러스에 대한 뒤숭숭한 소문 탓에 너댓명이 예약을 취소하기는 했지만 민스서프 1층 거실은 여느 해처럼 겨울 성수기의 절정을 맞았다. 대부분 연차를 붙여 쓰고 발리행을 택한 직장인들이었다. 강습생들은 한인 마트에서 사 온 가래떡으로 종민이 끓인 떡국을 나눠 먹으며 저마다 차례상 탈출기를 늘어놓았다.

태경은 도미토리에서 나오지 않은 강습생들의 식사까

지 부엌에 배분해두고 제 몫을 그릇에 옮겨 담았다. 스태
프들이 모여 앉은 식탁으로 간 태경은 창섭 맞은편의 빈
자리에 앉았다. 입국한 지 며칠 되지 않아 후덥지근한 날
씨에 적응하지 못한 창섭은 웃통을 까고 연신 손부채질을
했다. 그가 육중한 몸을 식히며 종민에게 무언가를 계속
이야기했는데, 태경이 떡국을 들면서 놓친 대화를 따라가
다보니 '민다'라는 이름이 자주 등장했다. 민다가 지금 여
행업체의 협찬을 받아 '발리 한달 살기'를 하러 왔다고 말
한 창섭은 서핑캠프 한달 체험을 협찬해볼 생각이 없는지
종민에게 물었다. 창섭은 다른 캠프들에서도 민다를 눈독
들이고 있지만 자기가 마음만 먹으면 이쪽으로 당겨올 수
있다고 했다.

"민다가 누군데? 연예인이야?"

태경이 옆자리의 지호에게 묻자 창섭이 눈을 치떴다.

"아니, 민다를 몰라?"

창섭이 답답해하며 큼지막한 얼굴을 태경에게 들이밀
었다.

강원도 고성에서 서핑강사로 일하는 창섭은 한국의 숍

들이 문을 닫는 겨울이면 전지훈련 겸 단기알바를 하러 민스서프로 왔다. 종민과는 오래 알고 지낸 사이로, 창섭이 한국에서 일하는 서핑숍의 초대강사가 종민이었다. 종민처럼 이십대 때 연예기획사에서 매니저로 일했던 창섭은 방송국PD나 투자사 임원을 상대로 매일같이 이어지던 술 접대에 몸이 망가졌다. 먼저 연예계에 염증을 느껴 업계를 떠난 종민이 호주에서 수년간 서핑을 배워 와 강사 생활을 시작하자 창섭은 틈날 때마다 고성을 찾았다. 사년 전 발리로 터전을 옮긴 종민의 자리를 이어받은 창섭은 새로운 인생을 시작했는데, 화려한 삶의 이면에 익숙한 탓인지 두 남자의 대화에는 늘 '겉만 번드레한 것들'에 대한 멸시가 깔려 있었다. 민다를 치켜세운답시고 "걔가 요즘 지집애들답잖게 되바라지지도 않고 아주 착실해요. 속이 꽉 찼어!"라던 창섭의 말도 같은 맥락에서였다.

"이 아저씨 보게? 말 되게 웃기게 하네?"

태경이 눈을 부라리자 창섭은 "요런 게 요즘 지집애들다운 거"라며 떡국 국물이 덕지덕지 묻은 숟가락으로 그를 가리켰다. "아저씨, 드럽거든?" 하고 응수한 태경은 숟가락을 든 창섭의 손을 밀쳤다.

"쫌 타냐?"

종민의 물음에 창섭이 폰을 만지작거리더니 그에게 건넸다.

"미드랭스보드 타고, 고성 오기 시작한 지는 일년쯤 됐어요. 얘기 들어보니까 물밥은 그전에도 먹었더라고. 딴건 몰라도 얘가 요가로 유명하거든. 밸런스가 기가 막혀. 소질도 있고, 욕심도 있어서 채찍질만 해주면 금방 늘 거예요. 형도 알죠? 말이 좋아 인플루언서이지, 이런 관종들 99퍼센트가 제정신 아니잖아. 근데 얘는 그렇지가 않아. 진짜 진국이라니까요."

진국. 이 단어도 두 남자에게는 '속이 꽉 찬'과 같은 상찬이었다.

"그럼 오빠도 제정신 아니겠네. 맨날 인스타나 해대면서."

태경이 빈정대자 그릇째 국물을 마시던 지호가 풉, 하고 국물을 뿜었다.

"아오, 더러운 새끼."

티슈를 뽑아 지호에게 던진 창섭이 찌푸린 얼굴 그대로 태경을 노려봤다.

"너 자꾸 말 끊을래? 어르신들 말씀 나누시는데 버릇없이."

"아, 예예."

"이걸 그냥!"

창섭이 팔을 번쩍 들어 두꺼운 손바닥을 펼쳤다.

"시끄러, 이것들아. 밥상머리에서 정신 사납게시리."

종민이 폰에 고개를 박은 채 말했다. "괜찮아 뵌다, 진행시켜"라며 창섭에게 폰을 돌려주려 하자 태경이 "나도 한번 보자" 하고는 폰을 낚아챘다.

화면에는 드론으로 촬영한 인스타그램 영상이 떠 있었다. 드론은 민트색 보드 위에 가부좌를 틀고 앉은 태경 또래의 여자 주위를 멀리서 돌았다. 파스텔톤 원피스 수영복을 입은 그가 천천히 고개를 숙여 보드에 정수리를 대고는 다리를 쭉 뻗었다. 드론은 보드 위에 물구나무를 선 사람 곁으로 빠르게 다가갔다. 주위를 선회하면서 머리부터 발끝까지 훑은 영상이 바다 한가운데서 거꾸로 선 사람을 중심으로 해변을 한 컷에 담으며 암전됐다. 검은 화면 가운데 'minda's wellness'라는 민트색 타이틀이 떴다가 사라졌다.

"쩌는데?"

태경이 팔꿈치로 지호를 쳤다.

"난 봤지. 유명하긴 해. 솔직히 좀 컨셉충이고, 서핑 실력은 뭐 그냥 그렇던데."

"야. 사람한테 충이 뭐냐, 충이."

구시렁거린 태경이 화면을 올려 인스타그램 프로필을 확인했다.

사용자명은 민다. 그 뒤에는 6만명의 팔로워를 거느린 인플루언서답게 공인을 뜻하는 파란색 체크가 붙어 있었다. #Yoga #Meditation #Surfing 같은 해시태그가 붙은 자기소개란에는 유튜브채널로 연결되는 링크도 적혀 있었는데 '웰니스'로 잡은 콘셉트처럼 인스타든 유튜브든 보고만 있어도 건강해질 듯한 평화로운 이미지들이 넘쳐났다. 폰을 건네받은 창섭이 정말 민다를 들어보지 못했느냐고 다시 물었지만 태경은 전혀 모르겠다는 얼굴로 고개를 저었다.

"이 누나 SNS 같은 거 안 하잖아요."

지호의 말에 창섭이 숟가락으로 테이블을 두드렸다.

"너도 인마, 밥 먹고 서핑만 하지 말고 슨스도 하고 그래. 종민이 형 사누르 가면 네가 여기 영업해야 할 거 아니야. 안 그렇습니까, 형님?"

"맞는 말이다. 너도 이제 신경 써."

"네에."

말끝을 늘인 태경은 '아, 너무 별로다' 하고 생각했다. 실력만 갈고닦으면 손님은 저절로 오게 되어 있다, 사짜들이나 광고에 매달리는 거다, 이런 말을 입에 달고 다니던 사람은 바로 종민이었다. 이제 와 그가 슬그머니 말을 바꾼 이유를 태경도 모르지 않았으나 결코 유쾌하게 들리진 않았다.

창섭의 말대로 종민은 민스서프 분점을 낼 계획이었다. 작년 여름부터 손님 일부는 캠프 근처에 숙소를 따로 잡아야 할 정도로 강습생 수가 늘어나면서 사업이 궤도에

올랐다고 여긴 종민은 그다음을 준비했다. 한인 서핑캠프가 거의 없는 발리섬 동쪽의 사누르를 주목한 종민은, 그곳에 분점을 내 집중하고 이곳 짱구캠프는 태경에게 맡길 요량이었다.

"김태경이. 대충 듣지 말고. 너 여기 매니저 맡고 인센티브 받게 되면 이제 사장이나 마찬가지야. 너도 옛날에 매니저로 일해봐서 알잖냐? 오너십을 가져야지. 언제까지 서핑거지로 계속 살 수 있을 거 같아?"

"예에, 사장님."

잔소리가 길어질 조짐에 태경은 더욱 심드렁하게 대꾸했다. 하지만 그 정도로는 "내가 빤쓰 한장 들고 호주 가서 서핑 일 배울 때는 말이야, 어?"로 시작하는 종민의 일대기를 멈추지 못했다. 골백번도 넘게 들은 이야기가 반복되자 태경은 기계적으로 떡국을 뜨며 갓 출근한 영혼을 곧바로 퇴근시켰다.

따지고 보면 나쁘지 않은 제안이었다. 나쁘기는커녕 좋은 기회였다. 태경도 언젠가는 발리에 서핑숍을 차리고 싶었다. 하지만 힌두교도와 이슬람교도가 절대다수인 이

지역에서 외국인 여성이 맨몸으로 사업에 뛰어드는 데에는 한계가 있었다. 캠프 매니저는 현지인 인맥을 폭 넓게 쌓기 좋았다. 종민이 제시한 인센티브 비율도 괜찮아 몇 년만 하면 종잣돈을 마련할 만했다. 몸으로 때우는 일만 해서는 종민의 말처럼 '서핑거지' 신세를 면하기 어려웠다. 계속 이런 삶을 이어가려면 자기 숍을 운영하는 것 외에는 뾰족한 대안이 없었다.

그럼에도 태경의 마음이 완전히 기울지 않는 까닭은 관리직이 받는 또다른 차원의 스트레스를 경험해보았기 때문이었다. '속이 꽉 찬 진국'이 짱구캠프를 맡아주리라고 철석같이 믿는 종민이 한편으로는 고마웠지만, 다시 그때처럼 살 자신이 있느냐고 스스로 물으면 태경의 몸에 본능으로 남아 있는 예전 기억이 되살아나 거부감을 일으켰다.

*

일이라면 이골이 난 태경이었다. 고향인 경기도 남부의 소도시에서 보낸 고등학교 시절부터 태경은 종례가 끝나면 알바를 갔다. 태경은 식당에서 첫 알바를 시작했다. 교복처럼 작업복을 입은 노동자들이 귀청이 떨어져라 떠드는 테이블 사이를 분주히 돌아다니며 음식을 날랐다. 빈접시를 치우고, 테이블을 닦고, 소주와 맥주를 나르다 어디선가 잔이 깨지면 바닥을 쓸고 닦고 새 잔을 가져다주고. 그러다 시급이 떼이면 독이 올라 노동지청에 고발했다. 콜센터로 실습을 나간 첫날에는 평생 들을 욕을 하루에 몰아 듣기도 했다. 전화기 너머로 들려오는 욕설에 헤드셋을 붙잡고 받은 욕을 되돌려주고 싶었지만 그래도 참아야지, 세상엔 이보다 더 뭣 같은 일도 많으니까, 생각하면서 견뎌낸 태경은 졸업을 하고 동창들과 함께 국비지원으로 헤어와 메이크업 아카데미를 다니며 자격증 시험을 준비했다.

육개월 만에 미용자격증을 딴 태경은 같은 기수에 합격한 다른 친구들처럼 서울 청담동에서 기숙사 생활을 시작했다. 대형 뷰티숍 인턴은 저임금에 휴일이 없고 규율도 강했다. 태경에겐 그런 것들보다 화학약품이 문제였다. 피부가 부르트다 못해 벗겨졌는데도 필요 이상으로 주어진 일을 해내는 성실함 탓에 건강은 더욱 나빠졌다. 심한 알러지까지 와서 쇼크로 한차례 쓰러지고서야 미용 일을 그만둔 태경은 두어달을 쉬다가 수원에 있는 한 백화점의 의류매장에 점원으로 취직했다.

태경의 성실함은 여기서 빛을 발했다. 아홉달 만에 매니저를 단 그는 점장 수당에 인센티브까지 더해 월 290만원을 받았다. 회식 때 갔던 클럽에서 만난 대학생 남자친구와의 연애도 무탈하게 해를 넘기면서 인생은 순탄히 흘러가는 듯했다. 그랬기에 자신이 안에서부터 망가지고 있음을 그때는 알지 못했다.

태경은 의류매장을 자신의 사업체처럼 여겼다. 고객 응대와 디피 작업은 겉으로만 보이는 일부였다. 매일 반복되는 매출 정산과 결재 라인, 직원 관리도 기본 중 기본이었다. 본사에서는 매주 수기로 모든 옷을 확인해 서면으로 보고하라고 했다. 열두명의 점원 중 절반이 남자였지만 태경은 여자라고 열외가 되는 것을 용납지 않았고, 자신에게도 같은 잣대를 들이댔다. 매장보다 더 큰 창고에서 까대기를 치다보면 허리와 팔꿈치가 아려왔다. 매달

점원들과 나눠 쓸 파스를 박스째 구매하는 것도 태경 몫이었다. 판촉행사도 많아 백화점 앞에 가판을 펼치는 날이 다가오면 태경은 단기알바 모집공고를 냈다. 면접을 보고 일을 가르쳤다. 가판에 문제가 생기면 부리나케 달려가 해결했다. 가판을 접으면 일용직 고용보고서와 행사매출보고서를 작성해 본사에 올렸다.

점원들은 돌아가면서 쉬었지만 매니저에게는 휴일이 따로 없었다. 한달에 두번씩 백화점이 쉬는 월요일에도 태경은 매장에 나왔다. 월요일은 본사 기준 영업일이었다. 본사에서 신제품 사진을 찍어 백화점 웹스토어에 올리라고 하면 태경은 지체 없이 매장에 가야 했다. 사진 같은 건 자기가 찍어도 되지 않느냐며 친한 점원들이 나서주기도 했으나 결과물을 보면 마네킹에 씌운 옷매무새가 성에 차지 않아 태경은 결국 직접 매장으로 향했다.

23개월을 그렇게 보내고 나니 몸이 먼저 반응했다. 마른기침 때문에 쉴 새 없이 밭은 소리를 냈고 눈에 생긴 다래끼는 사라지지 않았다. 부르튼 입술에 앉은 피딱지도 마를 날이 없었다. 불면증이 심해지면서 입안에 머물던 거친 말들이 밖으로 자꾸 튀어나왔다. 그즈음 상근 복무를 마친 남자친구는 복학을 하는 대신 태경에게 캐나다로 워킹홀리데이를 같이 가자고 졸라댔다. 대꾸할 기력도 없어 매번 나중에 생각해보자고 얼버무렸으나 퇴근을 하고 백화점 극장에서 영화 상영 시작을 기다리는 동안 남자친구가 또다시 그 말을 꺼내자 태경은 워킹홀리데이 같은 소리는 하지도 말라며 언성을 높였다.

"야! 워킹이면 워킹이고 홀리데이면 홀리데이지, 넌 일하는 게 만만해 보여?"

팝콘을 오물거리던 남자친구가 동그래진 눈으로 태경을 봤다. 물정 모르는 새끼. 집에서 먹여주고 재워주고 공부시켜주니까 배때기 부른 소리나 하는 새끼. 욕이 목 끝까지 차오른 태경이 입술을 깨문 채 남자친구를 쳐다봤다. 그러자 그가 금방이라도 울음을 터뜨릴 듯한 눈으로 태경을 보며 두 손을 잡았다.

"자기야. 자기 얼굴 요즘 많이 무서워졌다? 자기 정말 쉬어야 돼."

남자친구 말에 맥이 풀린 태경이 피식거렸다. 등신 새

끼. 호구 새끼. 이 개같은 순둥이 새끼. 그런 면이 좋아서 사귄 거였지만 그게 지독히 싫어질 때가 있었다. 그렇게 지독히 싫어지는 순간에도 이 남자는 물색없이 무조건적인 사랑을 주는 강아지처럼 굴었다. 픽픽 웃던 태경이 하하하, 하고 소리 내어 웃었다. 웃다보니 굳었던 얼굴이 녹아내렸다. 이상하게도 눈물이 흐를 것 같아 태경은 고개를 숙였다. 제 손 위로 포개어진 남자친구의 손등에 이마를 대고 가만히 있던 태경이 웅얼거렸다.

"그러자."

"응?"

"가보자. 뭐가 됐든."

태경이 머리를 들며 말했다.

"정말? 정말이지, 자기야?"

남자친구가 멍청해 보일만치 환한 얼굴로 태경을 끌어안았다. 으스러질 듯한 남자의 완력에 태경이 두 팔을 늘어뜨렸다. 태경도 진작부터 느끼던 바였다. 점점 변해가고 있었다. 원래 내가 어떤 사람이었는지 기억나지 않을 만큼 멀리 와버린 것만 같았다. 이렇게 변하다보면 끝내 어

떻게 될지 알 수 없으나 결코 좋을 리 없을 거라고, 어떻게

든 이 경로에서 벗어나야 한다고. 태경은 생각했다.

수르야

SURYA

태양. 시바신과 동일시된다.

"형이 잘해주래."

2020년 2월의 첫째주 월요일. 강습생 명단이 적힌 쪽지
를 태경에게 건넨 지호가 민다의 이름을 가리키곤 배를
긁적였다. 강습이 없는 주말엔 태경과 지호가 번갈아가며
쉬었고 일요일에 들어오는 손님은 지호가 받았다.

"이 사람 왔어?"

"응. 어젯밤에. 캐리어만 세개 가져옴. 무슨 이민 온 줄."

지호가 졸린 눈을 비비며 열댓명 남짓한 강습생들을 향
해 고개를 돌렸다. 만조 시각이 일러 새벽에 일어난 강습
생들을 둘러본 그가 식탁 의자에 앉아 있는 사람을 보며

고갯짓을 했다. 베이지색 원피스 수영복에 발리 전통치마인 사롱을 두른 민다는 미러리스 카메라를 짐벌에 결합시키는 중이었다. 지호는 카메라 테스트를 하는 민다와 눈이 마주치자 윙크를 하며 히죽였다.

얼씨구?

태경은 컨셉충이라며 비아냥거리던 지호가 끼를 부리는 모습을 같잖다는 듯이 쳐다봤다. 그러잖아도 종민이 자리를 비운 틈을 타 뺀질거리는 모습을 자주 보이던 지호였다.

종민이 지호를 사누르로 데리고 갈지 짱구에 남길지 고민하는 사이 지호는 지호대로 제 앞길을 찾고 있는 듯했다. 고등학생 때부터 제주 중문 일대의 서핑숍에서 알바를 했던 지호의 목표도 태경과 마찬가지로 본인의 서핑숍을 차리는 것이었다. 지호는 여자 손님에게 꽂힐 때마다 인생의 짝을 만나게 된다면 함께 발리나 하와이의 목 좋은 곳에 숍을 차릴 거라고 멘트를 쳤지만 그에게는 꼭 발리나 하와이가 아니더라도 제주도라는 최후의 보루가 있었다. 최근 들어 지호는 고향의 친한 형들과 연락을 자주 주고받았다. 태경이 이 사실을 알게 된 것은 거실의 빈백을 차지하고 누운 그가 눈치도 보지 않고 큰 소리로 통화를 했기 때문이었다.

미래의 정착지가 어디든 손님은 이 사업의 전부였다. 카리스마로 강습생을 휘어잡아 선생으로서의 엄격함을 추구하는 게 종민의 스타일이었고 태경도 그런 민스서프의 철학에 동의했지만 지호는 처음부터 결이 달랐다. 이곳에서 보내는 하루하루를 그야말로 홀리데이처럼 보내온 지호는 요즘 들어 종민의 감시망이 느슨해지자 강습생들과 비치클럽을 돌아다니기 바빴다. 태경은 강습생들에게 좋은 인상만 남기는 데 급급한 지호의 태도가 무척 거슬렸는데, 그가 실실거리며 6만 팔로워를 자랑하는 인플루언서 곁으로 다가가는 것을 보니 그 속내가 걸음걸이마다 비치는 듯했다. 간밤에 친해진 모양인지 민다와 가볍게 하이파이브를 한 지호는 그 옆의 소파에 몸을 구겨 넣어 짐벌에 꽂은 민다의 카메라를 이리저리 돌리며 잡담을 나눴다.

　설 연휴가 끝나고 휴가객들이 대거 빠져나가면 발리의 서핑캠프들은 비수기로 접어든다. 신종 바이러스 확진자가 한국에서도 나타났다는 소식에 긴장은 됐으나 봄 시즌을 준비하느라 한국으로 돌아간 창섭처럼 떠나야 할 사람은 떠났고, 적긴 해도 올 사람은 꾸준히 들어왔다. 종민은 손님이 다시 늘어나는 5월 전까지 분점 설립을 마무리 지으려 했다. 투자금을 유치하러 한인 유지들을 만나고, 사누르에 매물로 나온 풀빌라들을 보러 다니고, 설립 인가를 받기 위해 관공서를 돌아다니느라 바빠진 그를 대신해 비수기 동안에는 태경이 대표강사를 맡았다. 전에도 종민이 한국에 갈 일이 있으면 그를 대신해온 터라 태경에게도 익숙한 일이었다. 꾸벅꾸벅 졸고 있는 강습생들을 보며 손뼉을 친 태경이 말했다.

　"아시는 분들은 잘 아시겠지만 한주의 첫날이니까 서핑 규칙부터 말씀드릴게요."

　피크와 우선권을 먼저 설명한 태경은 바다에서 만나게

될 변수들을 이야기해나갔다. 우선권에 대한 규칙은 간단하지만 파도는 복잡하다. 너울의 규모는 멀리서 가늠하기 어렵다. 너울이 해안 바닥과 부딪혀 생성되는 파도의 모양과 높이는 포인트브레이크라도 매번 달라지기 마련이다. 풍속과 풍향도 시시각각 변하고 바닥이 모래라면 피크가 형성되는 위치는 파도가 들어올 때마다 달라진다.

"그럴 때 필요한 게 눈치겠죠?"

태경이 묻자 지호와 시시덕거리느라 정신이 팔린 민다를 제외한 신규 강습생들이 고개를 끄덕였다.

"그렇다고 너무 쫄 필요는 없어요. 바다에선 우리 캠프에 소속된 현지인 인스트럭터들이 여러분들을 케어해줄 겁니다. 그 친구들 말만 잘 들으면 문제없이 파도를 즐길 수 있어요. 저랑 지호도 같이 입수해서 계속 가르쳐드릴 거고요."

태경의 말에 지호가 손을 흔들며 혓바닥을 내밀었다. 자기를 언급해서가 아니라 민다가 찍고 있는 셀프캠에 대고 포즈를 취한 것이었다. 태경이 그들을 힐긋 보고는 설명을 이어나갔다.

"정말 신경 쓰셔야 할 부분은 안전수칙이에요. 바다에서 여러분의 발목은 리쉬에 묶여 보드 뒤쪽과 연결되죠. 그래서 서핑은 생각보다 안전하지만 어디까지나 '생각보다'일 뿐입니다."

태경이 한 손으로 민소매를 훅 끌어 올렸다. 왼쪽 옆구리부터 사선으로 뻗은 흉터가 검정색 스포츠비키니 상의 아래쪽에서 끊겼다. 일제히 고개를 앞으로 내민 신규 강습생들을 보면서 태경이 말했다.

"안전. 아시겠죠? 여러분의 휴가가 악몽이 되는 건 한순간입니다."

카메라를 만지며 지호와 딴짓을 하던 민다도 놀란 눈으로 태경을 쳐다봤다. 그러다 돌연 민다가 태경을 향해 렌즈를 돌렸다.

뭐야, 저 사람. 갑작스러운 촬영에 불쾌해진 태경이 재빨리 티를 내리고는 풀장 쪽으로 팔을 저었다.

"자, 이제 다들 일어나서 보드 챙기세요!"

강습생들은 태경의 지시에 따라 거실 옆에 붙은 풀장으로 갔다. 풀장 덱에 세워진 보드를 하나씩 꺼낸 그들은 다시 거실을 가로질러 반대편 현관으로 나갔다. 강습생들은 현관 바깥의 작은 정원을 지나 정문 앞에서 대기하던 현지인 인스트럭터들에게 보드를 건넸다. 인스트럭터들은 승합차 세대에 보드를 나누어 쌓아 올렸다. 덱에서 자신의 숏보드를 꺼낸 태경은 승합차 옆을 지나 길가에 세워둔 바이크로 갔다. 옆면 랙에 보드를 거치한 태경이 바이크에 앉으니 인스트럭터 중 맏형인 탕키가 다가왔다.

"Selamat pagi."

탕키가 하이파이브를 하며 아침인사를 건넸다. 태경은 영어와 이제는 제법 능숙해진 인도네시아어를 섞어가며 오늘 강습할 스폿에 관해 의견을 구했다. 탕키는 승합차 지붕 위에서 케이블을 묶고 있는 까덱과 예카를 향해 소리쳤다. 사촌지간인 셋의 조부모는 1960년대에 있었던 군부 쿠데타 당시 학살을 피해 수마트라 북쪽에서부터 이곳 발리의 끄둥우 지역으로 이주했다는데, 때문에 그들끼리 말을 할 때는 태경이 알아들을 수 없는 방언이 난무했다. 마침내 이야기를 끝냈는지 막내인 까덱이 태경을 보면서 "거기 짱!"이라며 익살스럽게 한국말을 했다. "That's the perfect choice." 탕키도 태경의 어깨를 두드리며 선택에 힘을 실었다. 조심해서 오라고 말한 탕키가 승합차 운전석에 올라타 시동을 걸었다. 태경 또한 바이크의 시동을 걸고서 검은색 저지의 지퍼를 끝까지 채웠다.

우기의 새벽은 한국의 초가을 저녁만큼 쌀쌀했다. 해가 뜨면 찜통으로 변하리라는 사실을 상상하지 못하게끔 만드는 찬 공기가 태경의 목덜미를 스쳤다. 새벽기도가 한창인 힌두사원과 생닭이 주렁주렁 달린 노점을 지나 주택지구를 빠져나온 태경은 계단식 논 사이를 십여분 달렸다. 비치웨어 매장이 밀집한 짱구 중심가의 삼거리로 진입한 그가 오늘의 스폿을 향해 바이크를 기울이자 거친 엔진 소리 틈으로 바다 냄새가 물씬 스며들었다.

대표강사의 주된 임무 중 하나는 해상 예보를 확인해 다음 날 파도를 탈 시간과 장소를 정하는 것이다. 최적지를 찾는 일은 강사 개인은 물론 캠프의 명성과도 직결됐으나 자연이 하는 일을 완벽히 예측하기란 불가능했다. 막상 현장에 가보면 차트와 다른 경우도 없지 않았기에 태경은 늘 강습생들보다 먼저 도착해 파도 상태를 확인했다.

낡은 리조트 옆의 샛길로 들어간 태경은 도로가 끊기는 곳에 바이크를 세웠다. 옷가지를 벗어 시트 아래에 넣은 그가 강습생 명단이 적힌 쪽지를 입에 물었다. 숏보드를 옆구리에 낀 채 돌계단을 내려가 바다를 내다보니 조류는 강하지 않았고, 물때도 예보와 같아 바닷물이 해변으로 들어차 있었다. 피크부터 깨진 파도가 하얗게 옆으로 말려드는 부분을 서퍼들은 파도의 입술, 즉 '립'이라 부른다. 왼쪽으로 부드럽게 부서지는 립이 보드를 타고 옆으로 나아갈 길을 만들었는데, 어느새 뜨겁게 내리쬐기 시작한 볕까지 구름에 적당히 가리어 파도를 타기에 더없이 좋은 조건이었다. 미소를 지은 태경이 백사장에 보드를 놓고 팔다리를 뻗었다. 몸을 풀고 있으니 강습생들이 하나둘 해변으로 내려왔다. 태경은 강습생들을 불러 모아 쪽지를 펼쳤다.

"승호랑, 고은이, 민국 오빠는 까덱이랑 나가고, 원영이랑 지형씨는 예카랑 같이 타면 돼요."

수준별로 팀을 배정하는 것도 대표강사의 역할이었다.

초심자들은 '숄더'라고 부르는 파도의 힘이 비교적 약한 라인업 양 끝에서 지호에게 강습을 받았고, 중급자 이상은 태경이 피크 근처에서 직접 지도했다. 지호와 함께 초급자들을 먼저 바다로 내보낸 태경이 남은 강습생들을 마저 배정하려는데, 창섭의 폰으로 보았던 민트색 미드랭스 보드를 옆에 내려놓은 민다가 태경을 빤히 쳐다봤다. 부담스러운 눈빛에 태경은 민다의 보드 앞에 달린 고프로 액션캠을 보면서 "민다씨는 좀 타보셨죠?"라고 물었다.

"네!"

지나치게 우렁찬 대답에 태경은 흠칫했다. 민다를 보니 그가 여전히 자신에게서 눈을 떼지 않은 채 고개를 크게 주억이고 있었다.

이건 또 뭐야. 사람이 뭐가 이렇게 부자연스러워. 속으로 황당해하면서도 못마땅해하는 표정이 들킬까, 태경은 고개를 숙여 쪽지 보는 척을 했다.

"그럼 오늘은 유민 언니랑 주성 오빠랑 같이 탕키 따라 나가보세요."

"네, 쌤!"

더욱 크게 대답한 민다가 머리를 위아래로 흔들었다. 이번에도 그의 눈은 태경의 얼굴을 계속 좇았다. 자이로 스코프를 연상시키는 기이한 시선으로 자기를 바라보는 민다의 얼굴에 웃음기가 흘렀다. 태경은 이해가 가지 않았다. 민다의 이상한 행동은 아침에 느꼈던 불쾌감이 스멀스멀 올라오게 했다. 초장에 기를 눌러두어야겠다는 생각으로 눈싸움을 하듯 태경이 마주 보자 민다가 풋, 하고 웃음을 터뜨렸다.

"쌤, 저 모르시겠어요?"

그 말에 태경은 저도 모르게 코웃음을 쳤다. *알지, 알다마다. 귀하디귀하신 셀럽분. 사장님께서 잘해드리라는 분. 우리 사업에 대단한 도움 주실 분.* 자기를 아는지 확인받으려고 사람을 저런 식으로 쳐다봤나 싶어 언짢았지만 태경은 이내 영업용 미소를 지었다.

"알죠. 민다님. 유명하시잖아요."

"아니, 아니. 말구요. 저 진짜 모르시겠어요?"

민다가 더는 못 참겠다는 듯이 소리 내어 웃었다.

"네? 저 아세요?"

영문을 몰라 하는 태경에게 민다가 한걸음 다가왔다.

"당연하죠! 거기 원도병원, 우리 같이 일했잖아요!"

민다가 한층 높아진 목소리로 말하자 뒷걸음질 치던 태경이 헙, 하고 소리를 냈다.

"민…… 다영 선생님?"

"네, 저예요, 저! 저 많이 변했죠?"

해맑은 얼굴로 말한 민다가 태경의 귓가에 대고 "그래도 많이는 안 고쳤는데"라며 속삭이고는 와하하 웃음을 터뜨렸다.

"선생님이 여기 왜…… 아니, 민다가 선생님이라고요?"

민다는 혼잣말을 중얼거리는 태경의 손을 잡았다.

"나도 완전 놀랐잖아. 긴가민가했는데 승합차 타고 오는 길에 지호가 그러더라고요. 저 누나도 병원에서 일한 적 있다고. 그 말 듣는데 여기 소름이 막 돋는 거야!"

민다가 제 팔뚝을 보면서 호들갑스레 말했다. 살갗의 감촉이 실제로 느껴졌음에도 태경은 어쩐지 현실 같지 않아 그를 물끄러미 바라보기만 했다. 아예 몰라본 까닭은 그가 말한 대로 얼굴이 바뀐 탓도 있겠지만 그보다는 살이 너무 많이 빠진 데다 원래 이렇게 밝은 사람이었나 싶을 정도로 분위기가 완전히 달라져서였다.

태경은 다영이 웃는 낯을 한번도 본 적이 없었다. 지금처럼 높은 톤으로 말하는 것도 들어보지 못했다. 눈앞에 서 있는 민다는 태경이 알던 다영과는 전혀 달라 평행우주에서 이곳으로 뚝 떨어진 것처럼 느껴졌으나 찬찬히 뜯어보니 예전 모습이 얼굴 곳곳에 남아 있는 듯했다.

"세상에 너무 반갑다!"

태경이 맞잡은 손을 흔들었다. 발까지 동동 구른 태경은 이게 얼마 만이냐고, 그간 어떻게 지냈느냐며 흥분을 감추지 못했다. 서로의 안부를 급하게 나누다보니 먼저 입수한 탕키가 팀을 이끌고 라인업을 향해 멀어지고 있었다. 태경은 그들을 가리키면서 이따 바다에서 보자고, 어서 따라가라고 말하며 손짓을 했다. 힘차게 고개를 끄덕인 다영이 보드를 챙겼다. 태경은 백사장을 뛰어가는 다영의 뒷모습을 멍하게 쳐다봤다. 아무래도 믿기지 않았다. 부고를 들었던 사람이 눈앞에 나타나면 이런 기분일까. 다영이 바다로 들어간 후에도 얼떨떨함이 가시지 않

은 태경은 출렁이는 파도를 넘어가는 다영의 민트색 보드
를 한참이나 바라봤다.

링기

2015년 3월, 태경은 한 종합병원의 검진센터에서 다영을 만났다.

태경에게 병원 업무보조 자리를 소개해준 고등학교 동창은 인건비를 아끼려는 병원의 편법행위라면서도 우리야 파견업체를 통해 들어가니까 별문제는 없을 거라고 했다. 월급은 의류매장 매니저 시절에 비하면 반토막이었다. 그래도 주 40시간 근무에 출퇴근 시각이 일정했고 연차도 이틀은 붙여 쓸 수 있었다. 일이란 몸과 마음을 다 바쳐야 하는 건 줄로만 알았던 태경에게 이곳은 그야말로 신세계였는데, 이 신세계는 남자친구와 헤어지면서 펼쳐졌다.

그 개같은 순둥이 새끼는 정말 순둥이라서 개새끼였다. 매니저 일을 그만두고 워킹홀리데이를 준비하던 태경은 수원역 인근의 유학원에서 상담을 받고서 전에 일하던 의류매장에 들렀다. 친하게 지냈던 동료들과 인사를 나누고 캐리어를 고르기 위해 상행 에스컬레이터에 발을 디뎠을 때 모르는 번호로 전화가 왔다. 모르는 번호라 받지 않으니 이어서 그 번호로 문자가 왔다. 남자친구의 엄마라고 밝히며 시작하는 장문의 메시지는 너 같은 애한테 자원봉사나 시키려고 애지중지 키운 게 아니라는 말로 끝이 났다.

자원봉사.

되는대로 지껄이다 나온 말이 아니었다. 한 글자 한 글자 눌러쓴 듯 띄어쓰기까지 완벽한 문자메시지에 그 단어가 박제되어 있었다. 당혹감이라든지 분노, 두려움 같은 감정들이 일지는 않았다. 모멸적인 말이라면 내성이 생길 대로 생긴 태경이었다. *자원봉사, 자원봉사, 자원봉사.* 에

스컬레이터를 타고 올라가는 태경 옆으로 정장들이 스쳤다. 조명 아래 고운 태를 뽐내는 마네킹들이 대각선 아래로 멀어졌다. 헛웃음을 치며 에스컬레이터에서 내린 태경이 남자친구에게 전화를 걸었다. 남자친구는 받지 않았다. 대신 그의 어머니로부터 계속 문자가 날아들었다. 어디서 못 배워먹은 티를 내냐. 어른이 전화를 하면 받아라. 단어가 계속 머릿속에서 맴돌았다.

자원봉사, 자원봉사, 자원봉사.

어디서부터 잘못된 걸까. 태경은 생각했다. 검은 상복을 입고 망연히 서 있던 새언니에 대해서 말했을 때부터였을까. 그 옆에 주저앉아 빈소 바닥을 주먹으로 내려치던 오빠를 말했을 때부터였을까.

역시나 말하지 말았어야 했나.

귀에 매미 울음소리 같은 것이 들렸다. 머리가 지끈거렸다. 흐릿한 사진이 아픈 머리를 언뜻 스쳤다. 급히 확대하느라 흐릿하게 인쇄되었던 아버지의 영정사진이었다.

아버지는 태경이 고등학교 2학년 겨울방학을 며칠 앞둔 그날까지 십수년간 한 아파트에서 시설관리 일을 했다. 밤새 동파됐다는 전화에 뛰어다니던 아버지는 어느 때인가부터 연락을 받지 않았다고 했다. 비번이었던 동료가 허겁지겁 아파트로 향했고 아버지는 아파트 계단에서 발견됐다. 밤이 깊어 조문객들이 끊기자 오빠는 빈소에 웅크린 채 손톱으로 석자를 긁었다. 신경 긁는 소리를 내던 그가 태경을 노려봤다. 이 지경이 되도록 너는 옆에서 뭘했느냐. 잘 챙겨드리라고 누누이 말하지 않았느냐. 분을 억누르며 말하는 오빠야말로 결혼하고서 집에 코빼기 한번 비춘 적이 없었다. 빈소 옆 식당에서는 만취한 친척들이 목청을 높였다. 애들이 너무 가엾다, 너무너무 불쌍하다고, 그년이 도박 빚을 진 채로 도망치지 않았다면 이 사달은 없었을 거라고 소리를 높이는 그들 옆에서 교복을 입은 태경의 친구들이 조용히 육개장을 먹었다.

빈소를 뛰쳐나가고 싶었던 그날의 기억을 태경이 공유한 것은 남자친구를 믿어서였다. 믿음은 이제 자원봉사라는 희한한 단어로 돌아왔다. 욕설이 끊이지 않는 여자의 번호를 차단하니 얼마 있지 않아 남자친구로부터 전화가 걸려왔다. 그가 어머니 옆에서 이 모든 상황을 안절부절못하며 지켜보았음을 직감한 순간, 위태롭게 남아 있던 한줄기 신뢰마저 뚝 끊겼다. 어떻게든 해결해보겠다고, 조금만 기다려달라며 울먹이는 그의 번호를 태경은 에누리 없이 차단했다.

엉망진창으로 끝난 연애에도 속은 후련했다. 타인의 밀어에 잠시나마 삶의 무게를 나누어보려 했던 자신이 어리석게 느껴졌다. 제 어리석음을 빠르게 인정하자 머리가 개운해졌다. 뒤틀린 계획에도 의류매장으로 돌아갈 생각이 없었던 태경은 친구가 소개해준 검진센터에서 생활비를 벌며 앞날을 꾸려가보기로 했다.

새롭게 적응한 일상은 나쁘지 않았다. 일과가 끝나면 태경은 일주일에 이틀은 영어학원에 갔다. 국비지원으로 인테리어 디자인과 목공예도 배우러 다녔다. 학원에 가지 않는 평일 저녁이나 주말에는 게더링 어플리케이션을 애용했다. 나이트 런, 하이킹 같은 운동 소모임에 참여하곤 했는데, 강원도 양양으로 체험 서핑을 가서 강사가 힘없이 밀어주는 보드를 탔던 경험이 훗날 삶의 전부가 되리라는 걸 그때는 알지 못했다.

의류매장에 비해 상대적으로 시간이 많아졌다 해도 일은 일이었다. 단순작업의 연속인 데다 업무량도 녹록지 않았다. 검진센터에서 태경은 주로 예약 업무를 맡았다. 예약하러 온 사람의 공단 데이터베이스를 조회해 국가검진항목에 맞추어 선수납을 진행했다. 결제가 완료되면 예약일을 확정했다. 예약 날짜를 대변봉투와 장세척제 겉면에 적어 내원객에 건네면서 태경은 프로토콜대로 설명했다. 대변은 얼마나 받아야 하는지, 장세척제는 언제 마셔야 하는지, 어떤 부작용이 있는지……

이럴 바에는 녹음 파일을 트는 게 낫지 않나 싶을 정도로 반복되는 일이었지만 변수가 늘 끼어들었기에 사람이할 수밖에 없었다. 공단 시스템은 자주 다운됐다. 수납창구에서 무언가 꼬이는 경우도 많아 컴플레인이 그칠 날이없었다. 그러는 사이사이 태경은 병원 본관으로 혈액샘플을 날랐다. 여덟시간 공복을 한 수검자들의 허기가 분노로 폭발하지 않도록 순서를 고려해 눈치껏 안내했다. 끊이지 않는 문의와 불만접수 전화에 응대하는 것도 간호부 직원의 몫이었다. 간호사가 아니었음에도 태경의 소속은 간호부였기에 잡무를 나누어 처리했다. 고된 일과가 마무리될 즈음이면 간호사와 임상병리사, 그리고 태경 같은 업무보조가 한자리에 모여 결과지를 살폈다. 오타가 없는지 확인하고 봉투를 밀봉해 그날 당번이 우체국으로 가서 발송을 마치면 퇴근을 했다.

다영은 태경과 비슷한 시기에 들어온 신규간호사였다. 입사 시기가 비슷한 또래들은 직종을 가리지 않고 빠르게 친해졌다. 술을 잘 마시지 못하는 태경도 일주일에 한번은 동료들과 나혜석거리로 나가 필름이 끊기도록 마셨다. 아침이면 숙취가 가시지 않은 얼굴로 서로를 쳐다보며 소리 없이 웃었으나 다영만은 이 은밀한 공모에서 일찌감치 소외됐다. 집이 유달리 먼 탓에 동료들과 늦게까지 어울리지 못했기 때문이었다.

"쟤는 뭐가 모자라서 여기까지 왔다니?"

그들이 입사하고 한달도 채 지나지 않았을 때였다.

다영이 교대로 점심을 먹으러 가자 책임간호사가 주위에 있는 사람들이 다 들으라는 듯이 말했다. 에이스 크래커를 커피에 찍어 오물거린 그가 옆자리에서 폰으로 게임을 하고 있는 태경을 쳐다보더니「겨울왕국」의 올라프와 똑 닮은 얼굴을 들이밀었다.

"김쌤아. 너 보기에도 쟤가 뭐가 모자라서 여기 온 거 같지?"

태경은 대답하지 못했다. 맞장구를 친다면 이 병원 간호사들을 죄다 모자란 사람으로 치부해버리게 되는 꼴이었다. 그렇다고 올라프에게 벌써부터 미운털이 박힌 다영의 편을 들 수도 없었다. 어떻게 대답해도 곤란해질 거 같아 태경은 어색하게 웃기만 했다.

"니들 걔가 분당 사는 거 아니? 그것도 정자동이란다, 정. 자. 동."

올라프는 그뒤로도 다영이 자리를 비울 때마다 습관처럼 뒷담화를 했다.

"아빠가 뭔 사업을 한다나? 지 비서랑 결혼했다는데 그럼 지 엄마는 엄청 미인일 거 아냐? 근데 걔 꼬라지는 왜 저 모냥이라냐? 펑퍼짐하면 추레하게 입질 말든가. 외모가 안 되면 일이라도 잘해야 하는 거 아니니? 안 그래?"

올라프가 웃음기를 흘리면 아래 간호사들은 소리 내어 웃어야 했다. 태경은 속으로 비웃었다. 실습을 나갔던 콜센터도, 알바를 했던 식당도 나름의 규율이 있었다. 뷰티숍에서 일할 때는 오밤중에 기숙사 복도에서 집합을 당하기도 했다. 의류매장 매니저로 일을 할 때는 태경도 점원의 잘못을 그냥 넘기지 않았다. 태경은 군기를 잡아야 할 때는 잡아야 한다고 생각하는 쪽이었다. 하지만 이곳의 규율은 기묘하기만 할 뿐 업무에는 별반 도움이 되지 않아 보였는데 이 기묘한 의례는 출근과 함께 시작됐다.

직원들은 출근을 하면 컴퓨터 모니터를 보고 있는 올라프와 눈을 마주치려 안간힘을 썼다. 엉거주춤한 자세로 모니터에 가려진 올라프의 시야 외곽까지 파고든 직원들은 "안녕하십니까, 선생님! 행복한 하루 되십시오!"라고 소리 높여 인사했다. 수간호사가 시찰 오는 오전 열한시가 되면 직원들은 옆에 있는 동료들의 옷매무새를 서로 고쳐주었다. 수간호사가 센터 입구의 자동문으로 들어오면 스테이션에 있는 직원들은 일제히 일어나 "어서 오십시오, 수선생님!" 하고 외치며 90도로 인사했다. 수간호사가 상냥하게 "에이, 왜들 이래. 어서 일들 보세요"라고 말하기 전까지 복근에 힘을 주고 있노라면 태경은 이게 무슨 짓인가 싶어서 기가 찼지만 진짜 문제는 수간호사가 다녀간 다음부터 시작됐다. 시찰을 끝낸 수간호사는 올라프에게 따라 나오라는 사인을 보냈다. 센터 자동문 밖으로 나간 그들은 비상구를 열고 비상계단 층계참으로 들어갔는데 올라프가 사라진 십여분 동안 센터 안의 누구도 입을 뗄 엄두를 내지 못했다. 대신 컴퓨터 메신저의 단체 채팅방에 불이 붙었다.

　　—수가 오늘은 또 뭘로 올라프 까려나?

　　—여기 쓸 때는 올라프 말고 U!

　　—맞다, 맞다. U

　　—U도 정말…… 무슨 부귀영화 누리겠다고 저러고 사냐…… ㅜㅜㅜ

—부귀영화는 뭔 부귀영화야. 애는 셋이지. 남편 벌이
는 시원찮지. 저렇게라도 살아야지.

　—그니까 무턱대고 결혼해서 애 낳으면 패가망신. 알
지?

　—혼자 살자 얘들아!!

　—나 딴 병원 다니다 왔잖아? 거기도 만만치 않지만
여긴 고인물들이 그냥 다 미친 인간들밖에 없는 거 같애.
버티면 버틸수록 미친 인간이 되는 거.

　—진짜 다 또라이…… 또심또나……

　—또라이 심은 데 또라이 나온다?

　—ㅇㅇ

　—삼년만 채우고 나갈 거야. 얘들아 같이 버티자!

　—지겹다, 지겨워…… 퇴근이나 시켜줘……

　—U 들어온다. 메신저 꺼.

　자동문 너머로 올라프를 발견한 태경이 타이핑을 했다.
메신저를 화면에서 숨기자마자 센터로 들어온 올라프가
눈에 보이는 대로 트집을 잡았다. 어디까지가 수간호사의 지적사항이고 어디서부터 수간호사에게 대차게 까인 올라프의 분풀이인지 알 수 없었다. 올라프는 매일 털리는 만큼 꾸준히 부식되어가는 것처럼 보였다. 수간호사의 태움이 심해진다는 것은 점점 강도가 높아지는 올라프의 태움으로 짐작할 수 있었다.

계단식 폭포처럼 내려오는 태움에 마모되는 것은 모든 직원들이 마찬가지였으나 오직 올라프의 감정만이 떠받들려졌다. 올라프의 심기가 다른 직원들의 남은 하루를 결정했기 때문이었다. 이것을 이해하고 나니 저렇게까지 웃어 보여야 하나,라며 비웃던 뾰족한 마음도 차츰 무뎌졌다. 시간이 지남에 따라 올라프의 비위를 맞추는 데 안간힘을 쓰는 동료들은 물론, 십여년간 이 병원에서 버티며 저 자리까지 올라간 올라프에게 일말의 애잔함마저 느껴졌다.

그랬기 때문이었을까.

태경은 어느 때인가부터 그들의 웃음에 동참했다.

올라프의 말이 전부 틀리지는 않다는 생각이 들어서였다. 검진센터에서 신규간호사들과 태경이 하는 일은 별반 차이가 없었다. 그럼에도 다영은 실수가 잦았다. 눈치껏 수검자들을 안내하거나, 결과지의 오타를 찾거나, 봉투에 풀을 칠하거나, 공단 프로그램 단축키를 외우는 일을 간호학과에서 배울 리 없을 테니 당연했는지도 몰랐다. 하지만 그 당연함이 올라프에게 좋은 꼬투리가 됐다. 꼬투리를 잡히지 않으려면 다영도 일을 빨리 익히든가 그마저 힘들면 처세라도 해야 했다. 다영은 그럴 생각이 없어 보였다.

서너달간 둘 사이에서 삐걱대며 돌아가던 톱니바퀴는 공단 시스템이 정지된 어느 여름날, 무한정 길어지는 대기시간에 중년부부 한쌍이 다영에게 화를 내면서 멈춰버렸다. 물론 이런 경우를 대비한 프로토콜도 있었다. 내원객들에게 사과하며 공단 콜센터로 전화하도록 유도해 그쪽으로 화를 돌리게끔 하는 것이었다. 하지만 다영은 프로토콜을 절반만 따랐다. 거두절미하고 우리가 해결할 방법이 없으니 공단에 전화해보라며 무뚝뚝하게 말했다.

"어린 년이 싸가지 없이!"

중년부부가 앞서거니 뒤서거니 다영에게 사자후를 토

했다. 육두문자를 간증처럼 퍼부으며 당장 책임자 나오라고 고함을 질렀다. 앞머리를 훅 불어 올린 올라프가 상냥한 얼굴을 만들어 그들에게 다가갔으나 말이 통할 시점은 지나 있었다. 기세에 밀린 올라프는 채혈실의 남자 임상병리사를 불렀다. 올라프보다 두어 직급 아래였음에도 흰 가운을 입은 남자의 사과에 오늘만 특별히 봐주는 줄 알라면서 선심 쓰듯 말한 그들은 자동문 밖으로 나설 때까지 툴툴거렸다.

"넌 잘하는 게 하나라도 있니?"

퇴근 무렵, 결과지를 발송하러 우체국에 갔던 다영이 돌아오자 올라프는 간호부 직원들을 집합시켰다.

"인서울 나오면 뭐 해? 4년제 나오면 뭐 하냐고?"

고개를 숙인 채 원을 그리며 선 직원들 가운데로 다영을 불러낸 올라프가 그의 이마를 쿡쿡 찌르면서 쏘아붙였다. 그러고는 다영의 이마를 밀쳤던 손가락으로 태경을 가리켰다.

"김쌤 좀 봐라. 대학 근처도 안 가본 재도 똑 부러지게 하는 걸. 너는 애가 멍청한 거니 아님 그냥 일하기가 싫은 거야?"

뭐라고?

태경은 제 귀를 의심했다. 올라프의 말에 몸통이 베인 것처럼 다리가 후들후들 떨려왔다. 얼굴이 화끈거렸다. 눈 주위가 이글거렸고 양쪽 입꼬리가 스멀스멀 올라갔다. 웃음이 새어나왔다. 때에 맞지 않는 웃음이 자꾸만 나오려고 했다. 옆에서 고개를 숙이고 있던 동료가 이상한 기미를 눈치채고서 태경을 힐끔거렸다. 도무지 참지 못한 웃음이 입 밖으로 튀어나오려는 그때, 다영이 읊조렸다.

"진상이었잖아요."

그 말에 올라프가 허리를 숙여 고개를 갸울였다. 내리깐 다영의 눈을 쳐다보면서 올라프가 물었다.

"너 지금 뭐라고 했니?"

"진상이었다고요. 선생님도 못 말리셨잖아요."

다영은 여전히 작은 목소리로, 그러나 무척 정확한 발음으로 대꾸했다. 고개 숙인 이들 가운데 여럿이 탄식을 뱉었다. 올라프의 입에서 바람 빠지는 소리가 새어나왔다. 고요한 스테이션 앞을 메우는 그 소리는 맹진에 앞선들소의 콧김처럼 이어서 터질 고성을 예고하는 듯했다. 애매해진 상황 앞에서 태경의 혀끝에 머물던 웃음은 코안에서 사라진 재채기처럼 정적 속으로 사그라졌다.

"다영아."

올라프가 돌연 온화해진 목소리로 다영을 불렀다.

"너 그냥, 내일부터 출근하면 바로 탈의실로 가. 응?"

올라프가 말끝을 올리며 다영의 뒷머리에 손을 올렸다. 정갈하게 빗은 머리카락을 질끈 싸매어 뒷머리 아래를 통통하게 만든 그물망을 만졌다. 다영의 머리를 말없이 쓰다듬던 그가 손길만큼이나 부드러운 말투로 덧붙였다.

"거기서 퇴근할 때까지 한 발자국도 나오지 마. 알겠지?"

저로

JERO
안, 내부.

"고개 똑바로 들고! 멀리 봐!"

숏보드에 앉은 태경이 출렁이는 너울 뒤로 넘어가면서 주성에게 소리쳤다. 피크에서 립이 생성되는 때에 맞춰 탕키가 보드를 밀어주자 주성이 한쪽 무릎을 가슴팍으로 끌어당겼다. 우락부락한 주성의 등덜미에 그려진 사천왕 문신이 꿀렁거렸다.

"허리 젖혀! 그렇지! 일어나!"

태경의 말에 주성이 9피트짜리 롱보드에서 몸을 벌떡 일으켰다. 그러나 주성은 겁을 먹었는지 아래를 내려다봤다. 시선을 따라 무게중심이 앞으로 쏠린 보드가 앞부분부터 물속으로 처박혔다. 흔들리는 보드 위에서 탈춤을 추듯 휘청대던 주성이 그대로 고꾸라졌다.

성인 남성의 평균 머리 무게는 4.5킬로그램이다. 아무리 능숙한 서퍼라도 테이크오프 도중에 시선을 아래로 떨어뜨리면 균형을 잃는다. 목이 터져라 시선을 강조하던 태경은 파도에 휩쓸린 주성의 모습을 보고는 어처구니없어했다.

끄둥우와 더불어 태경이 강습 장소로 선호하는 이곳 바뚜볼롱 해변은 울루와뚜처럼 산호초가 살벌하게 깔린 바다와 달리 바닥이 모래였다. 부상을 걱정해야 할 이유가 없었기에 태경은 주성이 보드를 잡아 그 위로 올라가는 모습까지만 보고서 허리를 꼿꼿이 폈다. 일렁이는 윤슬을 따라 100여 미터 떨어진 바뚜볼롱 백사장을 내다보니 여느 때와 다름없이 선베드가 빼곡히 깔려 있었다. 서로 다른 나라에서 온 관광객들은 칵테일과 빈땅맥주를 마시며 서퍼들을 구경했다. 강한 비트의 음악이 해안도로변에 늘어선 비치클럽들에서 퍼져나왔고 파도를 기다리는 이들도 쿵쾅거리는 베이스에 맞춰 몸을 흔들었다.

"아이고, 용왕님!"

라인업으로 돌아오고 있는 줄 알았던 주성이 하얀 포말 속에서 악을 썼다. 해변까지 떠내려간 주성은 쇼어브레이크에서 물싸대기를 맞으며 비명을 질러댔다. 관광객들은 허우적거리는 주성을 보며 폭소를 터뜨렸다. 태경은 그 광경에 절레절레 고개를 저었다. 해변 바로 앞에서 부서지는 파도를 따로 '쇼어브레이크'라 칭하는 까닭은 해변에 근접할수록 파도의 힘이 세지고, 속도가 빨라지기 때문이다. 숏보드와 달리 롱보드나 미드랭스보드는 보드 자체의 부력이 커서 덕다이브를 하기 어렵다. 따라서 보드를 수면 위로 뒤집어 올린 채 몸만 잠수하여 보드와 몸 사이로 파도 거품을 지나가게 만드는 '터틀롤'을 제대로 익히지 않으면 주성처럼 쇼어브레이크에서 헤매기 마련이었다.

"저 오빠 몸개그 장난 아니다, 그죠?"

라인업 뒤에서 차례를 기다리던 다영이 그렇게 묻고는 해변의 관광객들처럼 웃었다. 높은 톤의 웃음소리를 따라 다영 아래를 지나온 너울이 태경에게 다가와 찰랑거렸다.

태경은 혀를 끌끌 찼다.

"하라는 훈련은 안 하고 허구한 날 주식창만 쳐다보니까 저 모양이죠."

태경이 한심해하며 말했다. 훈련을 게을리하는 것도 문제였지만 근본적으로 주성은 가여우리만치 의욕이 앞서는 몸치였다. 호주에서 스포츠 에이전트로 일했던 주성은 한국으로 돌아가는 길에 발리에 들러 서핑을 배우기 시작했다. 모아둔 돈을 가지고 투자를 하면서 파이어족으로 살기로 한 그의 새로운 꿈이 서퍼로 사는 것이기 때문이었다. 그러나 운동선수들을 관리하면서 높아질 대로 높아진 눈과 달리 마흔이 넘은 육체로는 매일같이 훈련에 매진한다 해도 그가 꿈꾸는 자아상에 미칠까 말까였다.

"이래서 연습 때 대충 하면 안 된다니까."

태경이 다영에게 말했다. 움직이는 너울과 함께 다영의 보드가 태경의 머리 높이만큼 올라갔다. 다영이 쑤욱, 내려오자 태경이 딱 그만큼 올라갔다. 주성을 밀어준 탕키는 뒤이어 들어온 파도를 잡아타고 오른편으로 끝없이 멀어져 있었다.

"이리 와요. 내가 밀어줄게."

태경이 검지를 까닥였다. 가까이 다가온 다영의 보드 뒤꽁무니를 잡고서 먼바다를 살폈다. 적당한 너울이 들어오기를 기다리는데 다영이 "쌤, 여기"라며 제 보드 앞에 달린 고프로를 가리켰다. 태경이 화각 안으로 얼굴을 들이미니 다영은 표정이 왜 이렇게 굳었냐고, 어차피 동영상이라고, 마구 웃다보면 캡처 하나는 건진다며 쾌활하게 타박했다.

보기만 해도 시원해지는 다영의 웃는 낯은 지난 며칠간 그가 바다에서 보여준 모습 그대로였다. 우기의 날씨는 변덕스러워 매끈한 너울이 규칙적으로 밀려오다가도 갑작스러운 비바람에 파도가 지저분해지기 일쑤였다. 뜨거운 태양 아래로 먹구름이 쏜살같이 몰려들면서 웬만한 강습생들은 감당하지 못할 큰 파도를 끌고 오기도 했다. 건기에 비해 열악한 조건이었지만 다영은 쾌활함을 잃지 않았는데 태경은 그런 다영이 여전히 낯설었다.

다영의 밝은 기운은 캠프에 돌아와서도 이어졌다.

지상 훈련까지 끝나는 오후 서너시가 되면 강습생들은

다영 곁으로 모여들었다. 캠프에 오기 전, 한달 넘게 발리에서 지낸 인플루언서는 명소들을 꿰고 있었다. 강습생들이 그날의 행선지를 물을 때마다 그는 망설이지 않고 맛집과 비치클럽, 선셋포인트의 이름을 댔다. 사람들을 데리고 돌아다니는 중에도 다영의 인스타그램에는 사진과 영상이 매일 올라왔다. 태경도 잠을 청할 때면 간간이 다영의 인스타에 들어가보곤 했다. 종민의 잔소리에 가입만 해둔 계정으로 다영이 업로드한 게시물을 보다보면 태경이 나오는 때도 있었다. 서핑 영상 외에는 렌즈에 담길 일이 흔치 않았던 터라 태경은 묘한 기분이 되어 자신의 모습을 오래도록 보았다.

"타이밍만 알려줘요. 오늘은 혼자 잡아볼래."

동영상을 찍을 만큼 찍었는지 다영이 보드에 몸을 엎드리면서 말했다. 먼바다로 다시 고개를 돌린 태경은 가까워지는 너울을 쳐다보며 "오케이"라고 중얼거렸다. 다영은 '오케이'의 의미를 잘못 알아들은 모양이었다. 태경이 해변 방향으로 패들링을 시작한 다영의 보드를 꽉 붙들었다.

"아니야. 말랑말랑해."

크게 들어오는 너울이라도 경사면이 너무 누워 있으면 파도에 힘이 실리지 않았다. 성급하게 패들링을 한 다영이 뒤를 돌아보며 민망해하는데, 태경의 왼쪽 손목으로 저릿한 감각이 훅 끼쳤다.

통증이 시작될 전조였다. 태경은 다영의 보드를 놓고서 왼쪽 손목을 감싼 검정색 보호대를 주물렀다.

"괜찮아요?"

"네, 뭐……"

"어떡해. 자주 그러네."

태경의 손목을 걱정스럽게 바라보던 다영의 눈에 문득 생기가 돌았다.

"쌤, 저거 큰데요?"

다영이 태경 뒤편을 향해 턱짓을 했다. 태경은 보드에 앉아 물에 잠긴 종아리를 빙빙 휘저었다. 휘젓는 방향의 반대 방향으로 시곗바늘처럼 돌아간 보드에서 먼바다를 내다보니 3미터가량 되는 너울이 빠르게 다가오고 있었다. 방금 전에 지나간 말랑말랑한 너울과 달리 이번에는 경사면이 지나치게 서 있었다. 태경은 좌우로 한꺼번에 깨지는 파도로 변하리라 판단했다.

"클로즈아웃이야. 올라가요."

다영에게 말한 태경이 숏보드에 엎드려 라인업을 따라 횡으로 패들링을 했다.

"아웃사이드!"

태경이 라인업에 떠 있는 강습생들을 향해 외쳤다. 강습생들은 태경과 똑같이 "아웃사이드!"라고 외치며 라인업 양옆으로 경고를 전파했다. 예상보다 빠른 속도로 밀려드는 너울에 강습생들이 필사적으로 팔을 저으며 패들링을 했다. 태경은 너울과 평행하게 이동하면서 강습생들이 물 더미가 만든 가파른 언덕을 거슬러 올라가는 모습을 지켜봤다. 숄더에 있는 초급반 강습생들까지 모두 너울 뒤로 넘어가면 자신은 덕다이브로 파도 아래를 뚫을 작정이었다. 그런데 물 언덕을 올라가는 이들 중에서 다영이 보이지 않았다. 뒤늦게 이를 깨닫고 왔던 길을 되돌아보니 그새 멀어진 다영이 파도를 타기 위해 너울을 등지고 패들링을 하고 있었다.

"못 타! 보드 버리고 잠수해!"

태경이 소리쳤다. 주성이 휘말린 파도와는 질이 달랐
다. 강사인 자신도 잡기 힘든 파도였다. 용케 보드에서 일
어난다 해도 곧바로 넘어질 게 뻔했다. 그렇게 보드와 같
이 물살에 휩쓸리면 태경이 그랬던 것처럼 자기 보드에
맞아 부상을 당하기 십상이었다. 하지만 태경의 외침은
물소리에 묻혀 그곳까지 닿지 않는 듯했다.

다영은 무심한 얼굴로 고개를 들어 앞을 봤다. 아무런
감정이 담기지 않은 듯한 얼굴과 달리 두 팔은 사력을 다
해 패들링을 하고 있었다. 순식간에 밀려든 가파른 물 언
덕이 다영의 보드를 뒤부터 꽉 들어 올렸다. 동시에 태경
의 눈앞에서도 파도의 립이 하얀 이빨을 드러냈다. 더는
다영을 말릴 방법이 없다고 여긴 태경은 머리 위에서 쏟
아지는 포말을 맞으며 파도 아래로 보드를 찔러 넣었다.

덕다이브를 하는 타이밍이 늦어진 바람에 태경과 보드
는 파도의 경사면 밑으로 완전히 들어가지 못했다. 파도
의 힘에 밀려 몸이 물속에서 뒤로 밀렸지만 태경은 오른
발로 보드 뒤쪽을 힘껏 찼다. 바늘로 헝겊을 기울 때 바늘

코 뒤를 손끝으로 툭 쳐서 실을 뜨듯, 태경은 강한 발차기로 저항하면서 파도 아래를 뚫었다. 수면 위로 올라와 얼굴을 비빈 태경이 뒤를 돌아보니 다영은 태경이 돌파한 파도에 휘말려 멀찍이 떠내려가 있었다. 물을 많이 마셨을 텐데도 보드를 찾아 그 위에 엎드린 다영이 씩 웃으며 태경에게 오케이 사인을 보냈다.

"아우, 배불러. 오늘 저녁 안 먹어도 되겠다!"

터틀롤을 몇차례 하면서 라인업으로 돌아온 다영이 말했다. 잔잔해진 라인업에 모여 일렬로 늘어선 강습생들이 그 말에 웃음을 터뜨렸다. 초급반 강습생들을 숄더로 보내던 지호도 "누나 혼자 파도 쟀으면 개멋있었을 뻔?" 하며 다영에게 엄지를 치켜들었다.

"야."

태경이 지호를 나지막이 부르며 째려봤다. 따가운 시선에도 아랑곳없이 "뭐, 그럴 리가 없어서 하는 말입니다아"라고 흥얼대듯이 말한 지호가 제 보드에 엎드렸다. 회색 반바지 하나만 걸친 그가 새카맣게 그을린 팔뚝으로 패들링을 하며 초급반 강습생들의 뒤를 따랐다.

저 새끼가 요새 왜 저렇게 기어오르지. 태경은 멀어져가는 지호를 노려보면서 아랫입술을 깨물었다.

"쟤 웃긴다, 그죠?"

다영이 어느새 태경 가까이로 다가와 말했다. 태경이 돌아보니 다영은 보드에 엎드린 지호를 보면서 미소를 짓고 있었다.

말을 하긴 해야겠는데……

태경은 생각했다. 하지만 여전히 낯선 다영의 미소는 단단한 보호막처럼 말문을 막히게 했다.

바다로 나온 다영은 제 수준을 훌쩍 넘기는 파도 앞에서 고꾸라지고, 내리꽂히고, 휩쓸리길 반복했다. 그럼에도 파도를 등진 순간만큼은 여분의 목숨이라도 있는 것처럼 무표정한 얼굴로 세차게 팔을 저었다. 파도에 겁내지 않는 태도는 서퍼로서 높이 살 만했으나 자연은 지나치게 위험을 감수하려는 인간에게 반드시 겸허함을 가르치려 들었다. 언젠가는 화를 면치 못할 습관이었기에 다른 강습생이었더라면 종민에게 배운 대로 곧장 지적을 했겠지만 다영에게는 그러기가 주저됐다.

사실은 두려웠다.

태경은 다영의 저 무심한 표정을 전에도 본 적이 있었다. 테이크오프를 시도하는 때에만 나타났다 사라지는 그 표정은 벼랑 끝에 선 사람의 목덜미 붙잡고 있던 어떤 끈이 갑작스레 풀려버린 것을 목격하는 듯한 기분이 들게 했다. 대범함을 품고 있지도, 만용을 품고 있지도 않은 그저 무연한 얼굴은 태경으로 하여금 수년 전 어느 하루를 자꾸만 떠올리게 했다. 저러다 다영이 죽지는 않을까 하는 극심한 공포에 휩싸였던 그날을 태경은 똑똑히 기억했다.

*

"민다영 선생님? 이젠 막 나가시네?"

조회시간부터 술 냄새를 풀풀 풍기는 다영의 이마를 밀치며 올라프가 말했다. 올라프는 그날도 다영에게 탈의실형을 내렸다. 지난 수개월간 수시로 반복된 형벌에 직원

들은 익숙해져 있었다. 극성이 같은 쇳가루가 자석 주위
에서 흩어지듯 직원들은 덤덤히 각자의 자리를 찾아갔다.
마지막까지 스테이션 앞에 남아 있던 다영도 센터 사이
를 허정허정 걸어 탈의실로 향했다. 태경 또한 예약접수
처로 걸어가는데 등 뒤에서 바람이 샌 피리 소리 같은 게
들려왔다. 기이한 소리에 놀란 직원들이 뒤를 돌아봤다.
다영의 몸이 이리저리 꺾이며 아래로 무너져내리고 있었
다. 바닥에 쓰러져 몸을 바들바들 떨고 있는 다영 주위로
직원들이 모여들었다. 몇명이 달라붙어 다영을 소파 위로
올리자 올라프가 그들을 밀치고 들어와 소파에 누인 그를
살폈다. 가쁜 숨을 헐떡이는 다영의 두 손이 강직되듯 닭
발처럼 꼬였다. 곧장이라도 숨이 넘어갈 것 같았지만 올
라프는 당황하는 기색 없이 경동맥을 짚었다. 그러고서
다영의 눈꺼풀을 번갈아 벌려 살펴본 올라프가 옆에 있는
태경을 올려다보며 말했다.

"김쌤아. 밑에 투석실 가서 앰부랑 새츄 좀 가져와라."

태경은 그게 무엇을 뜻하는지 몰랐지만 되묻지 않은 채
센터 밖으로 뛰쳐나갔다. 비상계단문을 열고 단숨에 세

층 아래로 내달린 그가 허옇게 뜬 얼굴로 투석실 간호사를 아무나 붙잡았다. 올라프의 말을 그대로 전하니 누군가 공기를 쥐어짜는 플라스틱 주머니와 산소포화도 측정기를 태경에게 건넸다. 그것들을 쥐고 뛰어올라와 센터로 들어서자 올라프가 다영의 눈앞에서 손가락을 하나씩 접는 게 보였다.

"……다섯, 여섯, 일곱. 이제 천천히 내쉬어."

숨을 느리게 쉬도록 유도하고 있는 올라프 곁으로 태경이 다가갔다. 태경에게서 물품을 건네받은 올라프는 숫자를 계속 헤아리면서 다영의 코와 입에 앰부 마스크를 씌웠다. 마스크에 연결된 플라스틱 주머니가 다영의 호흡에 따라 급격히 찌그러졌다 펴지면서 습기로 뿌예졌다. 올라프가 다영의 안색을 살피는 동안 다른 간호사 한명이 다영의 검지에 산소포화도 측정기를 끼웠다. 모두가 숨을 죽인 터라 삑삑거리는 기계음이 유독 도드라졌다. 호흡은 조금씩 안정되어가는 듯했으나 다영의 창백한 낯은 좀체 제 빛깔로 돌아오지 못했다. 태경의 이마에서 땀인지 식은땀인지 모를 물기가 흘렀다. 그가 손바닥으로 물기를 훔치는데, 측정기 숫자를 확인한 올라프가 뒤돌아보지 않은 채로 말했다.

"구경났니?"

올라프의 한마디에 소파 주위를 둘러싸고 있던 사람들이 몸을 곧추세웠다.

"과호흡이야. 곧 괜찮아지니까 니들은 가서 일 봐라."

올라프의 지시에 사람들이 다시 제자리를 찾아 뿔뿔이 흩어졌다. 태경도 힘이 풀린 다리로 휘청휘청 예약접수대 뒤로 갔다. 축축해진 손을 비빈 뒤 컴퓨터를 켰다. 공단예약사이트에 로그인을 하고서 업무를 시작하려 했지만 시선은 자꾸만 소파 쪽으로 향했다. 중환자실과 병동을 두루 거친 노련한 간호사가 곧 괜찮아질 거라고 했으므로 별일이 아닐 거라고 태경은 믿고 싶었다. 그러나 앰부 마스크를 쥐고서 다영을 살피는 올라프의 굽은 등 너머, 다영의 배 위에서 커졌다 작아지길 반복하는 플라스틱 주머니는 투석실을 오가는 동안 태경이 느낀 공포를 고스란히 되살아나게 했다. 전기가 통하듯 몸이 부르르 떨렸다. 발작적으로 헐떡이던 다영의 몸짓이 끊임없이 떠올랐다. 마우스를 움직이는 태경의 손이 연방 헛돌았다. 그건 누가 괜찮다고 해서 금세 사라질 만한 성질의 것이 아니었다.

*

캠프로 돌아온 태경은 초조한 손길로 현지인 촬영기사가 찍은 동영상 파일을 돌려봤다. 리뷰에 앞서 강습생들의 라이딩을 미리 훑어보는 것은 루틴이었다. 하지만 태경의 신경은 한 영상을 찾는 데 온통 쏠려 있었다. 태경은 다영이 무모하게 타려다 실패하는 그 영상을 정확히 보고 싶었다.

오래전에 잊은 줄 알았지만 그렇지 않았다. 다영이 쓰러졌던 날의 일은 바닥에 붙어 조용히 잠영하고 있었다. 사라지기는커녕 내내 자신과 한몸이었던 두려움이 다영의 무연한 얼굴 앞에서 부력을 받았다. 불안의 그림자가 솟구쳤다. 핏줄 속에서 팽창하는 기포들처럼 그림자는 태경 안에서 커져만 갔다.

그랬기에 태경은 다영의 얼굴에서 허무나 염세의 흔적

은 없는지 확인해야만 했다. 바위로 내던져진 유리구슬처럼 스스로 깨져버리고자 하는 낌새가 없는지 두 눈으로 보고 싶었다. 보기만 한다면 알아차릴 수 있었다. 그것은 다영이 병원에서 함께 보낸 한해 동안 그의 얼굴에서 점점 짙어져간 그늘이었다. 영혼까지 태워져 재로 변해버린, 온기마저 없어 산 사람의 것 같지 않은 그늘이었다.

신경질적으로 노트북 키보드를 두드리며 촬영분을 샅샅이 살폈음에도 그 순간을 담은 영상은 찾을 수 없었다. 애초에 촬영기사가 찍지 않은 모양이었다. 촬영기사의 임무는 어디까지나 라이딩 영상을 담는 것이다. 초급반 강습생들을 촬영하는 게 아닌 이상 실패가 뻔히 예상되는 테이크오프 장면을 찍을 필요는 없었다. 태경이 책상 위의 벽걸이 모니터를 쳐다보다 말고 머리카락을 뒤로 쓸어넘겼다.

소파와 빈백, 식탁 의자 따위에 앉아 노닥거리는 강습생들로 거실은 부산했다. 모든 영상을 일별한 태경이 옅은 숨을 내쉬고는 고개를 옆으로 돌렸다.

"주목. 리뷰 시작할게요."

태경의 말에 사람들이 자세를 바로 했다. 삽시간에 조용해진 거실 뒤에서 잡담 소리가 들렸다. 태경이 그쪽을 보니 거실 맨 뒤편의 빈백에 비스듬히 앉은 다영이 무언가를 속닥이고 있었다. 그 옆에 지호가 비슷한 자세로 앉아 고개를 주억이며 킥킥거렸다.

"주목!"

태경이 소리를 높였다. 둘은 태경을 힐긋 보고는 모니터를 쳐다봤다. 태경은 입안에서 모래알이 씹히는 것 같았다. 예민해진 기분을 누르며 리뷰를 시작했지만 불쾌감은 가시지 않았는데, 태경이 필요 이상으로 날을 세운 것은 엉뚱하게도 주성의 영상을 리뷰할 때였다.

"오빠, 자꾸 이딴 식으로 탈 거예요?"

태경은 중급자 리뷰 말미에 등장한 주성의 테이크오프 영상을 처음으로 다시 돌렸다. 노트북 스페이스바를 소리나게 내려치면서 프레임별로 동작을 끊어서 보여준 그가 주성을 나무랐다. 균형을 잡지 못하면 발을 쳐다보는 게 인간의 본능이다. 그 본능을 극복하지 못하면 파도를 탈수 없다. 고개 똑바로 들라는 말을 벌써 보름째 듣지 않았느냐.

"마흔이나 먹은 남자가 뭐 이렇게 쫄보야?"

조롱 조로 덧붙인 말에 울컥한 주성이 항변했다.

"나 진짜 저때 죽을 뻔했어. 내가 오늘 용왕님을 몇번이나 접견했는데!"

태경이 억울해하는 주성을 보며 코웃음을 쳤다. 의자에서 일어난 태경은 강습생들을 둘러보며 오늘 죽을 뻔한 사람 있으면 손을 들어보라고 했다.

"셋, 넷, 여섯. 봤죠? 절반이 넘잖아. 오빠보다 잘 타는 사람들도 똑같이 느껴. 원래 이런 거라니까? 이거는 멘탈 문제예요. 안 되겠다. 오빠는 오늘 테이크오프 연습 백개 추가할게. 합이 삼백번."

"아니, 사람이 삼백번을 어떻게 해? 선생님, 자비 좀……"

"살려드리려고 이러는 거예요. 땅에서 완벽히 해도 바다에서 겨우 될까 말깐데. 게으름 좀 피우지 마요. 풀장에서 터틀롤 연습도 좀 하고. 그리고 주식 좀 그만 처다봐. 심심하면 애들 모아서 이거 사라, 저거 사라 하고 말이야. 아주 정신 사나워 죽겠네."

"야, 캠프에는 뭐 꽁으로 있냐? 그거 다 님 월급 드리려고 내가 노력하는 거예요."

"됐고. 다음 사람 봅시다."

태경이 주성의 말을 무시하고는 다음 영상으로 넘어갔다. 이어지는 영상은 주로 초급반 강습생들의 촬영분이었다. 중간중간에 계속 등장하는 지호의 라이딩 영상을 스킵하며 리뷰를 진행하던 태경이 마지막 리뷰 대상자인 고은의 영상을 살피다 고개를 갸웃거렸다. 고은은 안정적인 자세로 테이크오프에 성공했지만 보드 위에 선 다음부터 허리를 어설프게 좌우로 비틀었다. 아무래도 보드를 옆으로 돌려 파도의 면을 따라 나아가려는 동작을 취하는 것처럼 보였다.

"고은이는 아직 사이드라이딩 안 배웠지?"

거실 바닥에 퍼질러 앉은 고은이 피곤한 얼굴로 고개를 까닥이고는 식탁 다리에 등을 기댔다.

"안 배운 걸 하려고 하니까 안 되는 거야. 너는 똑바로 해변 쳐다보고 앞으로 나가는 연습만 해. 사이드라이딩은 프론트라이딩 제대로 익힌 다음에……"

"아닌데요."

고은이 태경의 말을 불쑥 끊었다.

"저거 옆으로 가려고 한 거 아닌데?"

퉁명스러운 말끝에 거실에는 불편한 침묵이 내렸다. 강습생들은 멍한 표정이 되어 고은을 쳐다봤다. 워낙 당당한 투라 태경은 "어……" 하고 말을 흐리며 자신이 잘못 보았는지 확인했다. 고은의 영상을 한번 더 찬찬히 살핀 태경이 고은을 보며 고개를 저었다.

"아니. 이건 누가 봐도 옆으로 가려는 거야. 네가 한번 봐. 허리 이렇게 휙휙 돌리고 있지? 보드도 들썩들썩하지? 몸은 절대 거짓말 안 해."

태경이 모니터를 두드리며 말했다. 정지화면에는 고은의 허리가 옆으로 틀어진 게 포착되어 있었다. 고은은 대꾸 없이 불만 서린 눈으로 태경을 쳐다봤다.

좋지 않은 신호였다. 자존심이 상해 앞뒤가 맞지 않는 변명부터 하고 보는 손님을 한두번 접한 게 아니었다. 이렇게 싸한 느낌이 드는 사람은 일단 주의를 기울여야 했다. 캠프를 떠난 뒤, 부킹닷컴이나 트립어드바이저에 별점

테러를 하거나 SNS로 캠프에 대한 악평을 퍼붓는 사람은 열에 아홉이 고은과 같은 느낌을 주는 부류였다. 심할 때는 면전에다 대고 컴플레인을 하며 환불을 요구하는 경우도 있었다. 태경은 고은을 몰아세우던 고삐를 살짝 풀었다.

"이해해."

태경이 차분해진 목소리로 말했다.

"휴가는 짧지, 레벨 업은 하고 싶지, 마음은 급하지. 여기 있는 사람들 다 같은 생각일걸? 나도 똑같아. 어제보다 오늘 더 잘 타고 싶고, 내일은 훨씬 잘 타고 싶다고 매일 생각해. 그래도 차근차근 단계를 밟아가지 않으면 한순간에 무너지게 돼 있어."

여전히 대꾸하지 않았으나 마지못해 고개를 주억이는 고은을 보니 고비는 넘긴 듯했다. 가볍게 입술을 털면서 태경이 그대로 리뷰를 마치려는데, 고은 뒤로 폰을 만지작거리며 실실거리고 있는 지호가 눈에 띄었다. 초급반을 책임져야 할 강사가 빈백에 비스듬히 앉아 남 일인 양 구는 모습을 보니 태경은 순간 짜증이 일었다.

"야, 성지호."

자기를 부르는 말에 지호가 인중을 늘어뜨리며 고개를 들었다.

"너 뭐 하냐? 이거 네 문제야. 여기 지금 네가 타는 영상만 몇개 나왔어? 넌 네 거만 타지 말고 손님들 옆에서 기면 기다, 아니면 아니다 말을 해줬어야지."

"뭐래는 거야……"

지호가 똥 씹은 표정을 하고서 한쪽 귓바퀴를 털었다. 귀찮다는 듯이 고개를 돌려 풀장 쪽을 쳐다본 그가 쩝, 하고 입맛 다시는 소리를 냈다. 대놓고 언짢아하는 지호의 모습에 태경은 화가 치밀었다.

"야, 누가 네 거 타지 마라 그랬어? 내가 적당히 하라고 한두번 말했냐? 사람들이랑 물장난이나 치고, 노닥거리기나 하고. 너 여기 놀러 왔어? 일 똑바로 안 할 거야? 종민 오빠한테 네 월급 도로 받아가라고 말해?"

지호가 붉어진 얼굴로 상체를 핵 일으키는데 그 옆에 있던 다영이 팔을 내밀어 지호를 막았다. 그러고는 반대쪽 손을 들면서 "쌤" 하고 태경을 불렀다.

"리뷰 다 끝났으니까 저희 이제 연습하면 되죠?"

다영이 쌩긋이 웃는 낯으로 턱을 치켜들었다. 그가 가로로 길쭉한 타원을 그리며 턱을 움직였다. 태경이 그의 턱짓을 따라 곁눈질로 거실을 둘러봤다. 노곤해진 몸을 제각기 늘어뜨린 강습생들의 얼굴은 가라앉은 분위기처럼 어둡게 변해 있었다. 자기도 모르게 너무 흥분했다는 것을 감지한 태경이 화를 누그러뜨리며 말했다.

"그래요. 그럽시다."

태경이 모니터를 끄고서 자리에서 일어났다.

"그럼 다들 훈련 빡세게 하시고요. 오늘내일 출국하시는 분들은 짐 미리 싸놓으세요."

지친 몸을 이끌고 일어나 뿔뿔이 흩어지는 강습생들 뒤에서 지호가 태경을 노려봤다. 태경이 시선을 피하자 그가 머리를 벅벅 긁어대더니 몸을 일으켜 바로 옆에 붙은 풀장으로 나갔다. 풀장 테이블에 놓여 있는 담뱃갑을 뒤적인 지호가 담배 하나를 꺼내 불을 붙였다.

지호의 뒷모습을 슬쩍 쳐다본 태경이 부엌으로 향했다. 너무 심하게 굴었나 싶었지만 딱히 못할 말을 한 것 같지도 않았다. 정수기에서 물을 받아 마신 태경이 부엌 맞은

편의 실내 계단으로 향하는데 발밑이 서걱거렸다. 발바닥
을 들어보니 백사장에서부터 딸려온 모래들이 다닥다닥
붙어 있었다. 현관 앞에서 호스 물로 발을 헹구고 보드도
빗자루를 털고 들어오는 것이 캠프의 규칙이었으나 또다
시 주의를 주기에는 분위기가 좋지 않았다. 한숨을 내쉰
태경은 녹초가 된 몸을 끌고 강사숙소가 있는 3층으로 올
라갔다.

자바

JABA
밖, 외부.

태경이 헤어드라이어로 머리카락을 말리다 입술을 내밀었다. 잠결에 깨물었는지 아랫입술 한쪽이 붉게 멍울져 있었다. 몸 구석구석에 묻은 소금기는 씻겨 내려갔지만 낮잠에서 깨어나 샤워를 한 뒤에도 기분은 나아지지 않았다.

머리를 다 말린 태경이 공용샤워실 수건함에 젖은 수건을 던져 넣었다. 목욕바구니를 챙겨 복도로 나오자 한차례 퍼부은 스콜 탓에 찜통 안으로 들어선 것 같았다. 복도 오른편에 도열한 창문 밖으로 피라미드 모양의 발리식 지붕들에 쨍한 볕이 쏟아지고 있었다. 창문 맞은편의 남자

강사방과 개인실들을 잰걸음으로 지나친 태경이 복도 끝의 제 방문을 열었다.

방 안으로 들어오니 살짝 맺혀 있던 땀방울이 에어컨 덕에 금세 증발했다. 태경은 송연해진 팔뚝을 비비며 이 층침대맡 협탁에 목욕바구니를 올려놓았다. 그러고서 협탁 위 예닐곱개밖에 없는 화장품 중 로션을 집어 들었다. 단순한 화장품 구성처럼 그의 방도 단출했다. 철제 프레임 이층침대의 아래층에만 깔아둔 매트리스. 침대 맞은편으로 여름옷만 걸려 있는 행어. 행어 아래 라탄바구니에는 생리용품과 속옷 따위를 정리해두었지만 신을 일이 없던 양말은 다 버린 지 오래였다. 행어 우측으로 바닥에 쌓아둔 플라스틱 정리함은 서핑용품을 보관하는 용도였다. 정리함과 책상이 직교하는 방 모퉁이에는 삼년 전 발리로 올 때 가져온 28인치짜리 캐리어가 비석처럼 서 있었다.

태경은 가끔, 저 캐리어가 지독한 은유처럼 느껴질 때가 있었다. 그것은 뿌리박지 못하는 비석이었다. 뿌리 대신 바퀴가 달렸음에도 어디로도 가지 못하는 비석이었다.

캠프에 온 사람은 반드시 떠나기 마련이었다. 남게 되

는 쪽은 항상 태경이었다. 일로 만난 사이라고 하더라도 정이 들 수밖에 없었다. 덜어내고, 버리고, 잊는 것은 체질인 동시에 일이었으나 태경이라고 해서 이별이 매번 쉽지만은 않았다.

말간 책상 위로 창문을 가린 베이지색 커튼이 에어컨 바람에 하늘거렸다. 손바닥에 남은 로션을 손등에 주무른 태경이 커튼을 젖혔다. 채도가 너무 높아 현실처럼 보이지 않는 풍경을 내다보는데 건너편 지붕에서 검은 고양이 한마리가 2층 발코니 담장으로 뛰어내렸다. 밥때가 되면 민스서프 풀장으로 모여드는 동네 고양이들 중 한마리로, 코 주위에만 흰털이 난 탓에 캠프 사람들이 '콧털'이라 부르는 녀석이었다. 콧털이 건넛집의 발코니를 어슬렁거리다 지붕 밑에 마련된 작은 제단 아래로 달려갔다. 제단에는 코코넛잎을 그릇 모양으로 엮어 낱알을 채워두는 차낭사리가 있었다. 콧털은 사료와 물을 채워두는 풀장 구석의 그릇을 핥을 때처럼 신들에게 바치는 공물이 담긴 차낭사리를 핥아댔다.

찰칵.

한국에서부터 쓰던 구형 아이폰은 사진을 찍을 때마다 인위적인 셔터 소리가 났다. 태경은 차낭사리와 콧털의 얼굴을 확대해 크롭했다. 열대의 느낌이 물씬 풍기도록 색온도를 따뜻하게 조정하고는 콧털의 귓가에 하트 모양 스티커를 붙였다.

#고양이 #냥이 #냥스타그램
#발리 #서핑
#surfing #balisurf

태경의 인스타그램 계정은 여전히 팔로워 0의 비공개 계정이었다. 달라진 점이 있다면 아이디만 만들어둔 전과 달리 이제는 그 계정을 소박한 일기장 겸 테스트베드로 쓰고 있다는 것이었다. 방금 올린 콧털의 사진처럼 태경이 혼자 올린 다른 게시물들에도 해시태그나 장소 체크인, 인물 태그 같은 '소셜'한 기능을 시험해본 흔적들이 남아 있었다. 바로 아래 게시물을 올린 그저께는 Kudeta beach라는 장소를 게시물에 표시하는 연습을 하는 한편, 다영의 민다 계정도 태그해보았다. 쿠데타 해변에서 다영이 정성스럽게 찍고 보정해준 사진 속 태경은 숏보드를 옆구리에 낀 채 뒤돌아서서 옆으로 시선을 던지고 있었다.

"이야, 어깨 봐. 쌤은 역시 뒤태야."

강습생들을 모두 뭍으로 내보낸 태경이 제 파도를 몇번 잡아타고 백사장에 발을 디뎠을 때였다. 태경이 리쉬를 풀어 벨크로에 묻은 모래를 바닷물에 헹구고 있는데 그의 앞으로 미러리스 카메라를 가지고 온 다영이 말했다. 이어서 다영은 몸소 예시를 보여주면서 포즈를 취해보라 했고, 태경은 얼떨결에 뒤를 돌아보며 얼굴에 달라붙은 머리카락을 넘겼다.

"그거야, 그거."

다영은 아기를 어르고 달래듯이 말했다. 그러고서 해변 왼편의 돌출 지형에 있는 사원 첨탑을 지그시 바라보라든가, 허리를 꼿꼿이 펴고 날개뼈를 모아보라는 식으로 디렉팅을 이어갔다. 갑자기 이게 뭐 하는 건가 싶으면서도 태경은 어쩐지 그의 말을 따르는 게 싫지가 않았다. 연달아 사진을 찍던 다영이 실시간으로 보정에 들어가자 강습생들이 다영 곁에 모여 능란한 손길을 넋 놓고 구경했다. 누군가 "언니 진짜 미쳤다!"라고 하니 "내가 괜히 이걸로 돈 벌겠니?" 하며 느긋하게 대꾸한 다영이 태경을 쳐다봤다.

"쌤, 보냈어요."

태경은 카톡을 확인했다. 이런 식으로 포즈를 취해본 것은 처음이었지만 다영이 보내준 사진에는 부자연스러운 구석이 전혀 없었다. 시키는 대로 몸을 움직였을 뿐인데 사진 속 자신이 마치 프로모델처럼 보였다. 보정 탓에 근육이 실제보다 돋보였음에도 과하다는 느낌이 들지 않았다. 사진을 살펴보던 태경이 "진짜 잘한다⋯⋯" 하고 무심결에 말하자 다영은 그 말을 놓치지 않고 씽긋이 웃었다.

"말했죠? 찍을 때부터 올릴 때까지 다 기술 들어간다니까."

며칠 전 새벽에 그와 우연히 만났을 때 했던 말이었다.

"쌤도 인스타 해요. 내가 말했잖아. 이건 스토리텔링이라고. 쌤한테는 그게 있다니까?"

다영이 지난 새벽처럼 태경을 보챘다. 태경은 말없이
웃으며 고개를 끄덕였다.

다영의 말대로 태경도 가끔씩 그런 것들을 하고 싶어
질 때가 있었는데, 다영이 거듭 권했던 이유와 달리 관계
를 지속하고 싶은 마음 때문이었다. 그러나 다른 사람의
폰으로 한국에 돌아간 손님들의 모습을 슬며시 보고 나면
잠깐 들었던 마음이 쏙 들어가곤 했다. 민스서프를 찾는
손님들에게는 바로 이곳이 일탈이었다. 발리를 추억으로
남긴 채 일상으로 돌아간 사람들의 모습은 지금 뭔가 잘
못 살고 있지는 않나 하는 불안을 부추겼다. 이곳에 오래
머무는 사람들이 화려한 일상을 끊임없이 올리는 일 또
한 왠지 이렇게 사는 것도 의미 있는 삶이라고 목청을 높
이는 것처럼 보였다. 태경은 그러한 악다구니를 바라지는
않았으나 다영의 권유는 새겨들을 만했다. 꼭 돈이 되기
때문만은 아니었다. 다영은 '목적'에 대해서 말했다. 말하
자면 그것은 불살라졌던 자존감을 회복시켜준 '의미'에
관한 이야기였다.

그러니까 지난주 목요일 새벽, 손목의 통증이 도져 태경이 잠에서 깼을 때였다. 밖에는 스콜이 내리고 있었고, 지긋지긋한 비처럼 통증은 잦아들 기미가 없었다. 진통제 통에서 알약을 꺼낸 그가 정수기가 있는 부엌으로 내려가는데 어두컴컴한 1층 거실에서 인기척이 느껴졌다. 그가 층계참에 멈춰 밑을 보니 다영이 불 꺼진 거실의 식탁맡에 홀로 앉아 있었다. 다영은 뚫어져라 노트북을 보면서 마우스를 움직였고 그를 발견한 태경은 남은 계단을 내려오는 동안 부러 삐걱대는 나무계단을 꾹꾹 밟으며 발소리를 냈다.

"선생님. 여태 안 주무셨어요?"

태경이 부엌으로 가면서 다영에게 말했다.

"그러게, 잠이 별로 없어서……"

다영이 한쪽 이어폰을 빼고서 대답했다.

노트북 화면에서 눈을 떼지 않는 다영 너머로 거실 통유리창 밖에도 비가 쏟아졌다. 풀장은 붉은 백열등이 비추어 용암이 들끓는 듯했다. 콧털은 풀장 옆의 처마 아래에 앉아 비를 피하고 있었다. 진통제를 삼킨 태경이 콧털이 있는 쪽으로 다가갔다. 통유리 미닫이문을 열자 주판을 세차게 흔드는 것 같은 빗소리가 들렸다. 태경은 거실로 들어온 콧털의 촉촉한 정수리를 건드리며 장난을 걸어보았지만 콧털은 관심 없다는 듯 몸을 둥글게 말아 엎드렸다. 도도하게 구는 콧털을 보며 입을 삐죽인 태경이 계단으로 향했다.

태경이 그대로 숙소로 돌아가려고 다영 뒤를 지나치는데, 보는 것만으로도 골치 아파 보이는 화면이 발길을 붙들었다. 다영의 노트북 화면에는 영상 편집 프로그램이 복잡하게 돌아가고 있었다. 몇개로 분할된 화면에서는 여러명의 다영이 일정구간을 반복해 움직였다. 서핑을 하는 다영과 선베드에 누워 칵테일을 홀짝이는 다영과 지는 해를 배경으로 요가를 하는 다영. 진짜 다영은 화면 맞은편에서 분할된 영상을 앞뒤로 당기면서 커트를 미세하게 조정했다.

"이것도 보통 일 아니네······"

태경의 말에 다영이 돌아봤다.

"그럼요. 일이 다 그렇지, 뭐."

다영이 태경더러 곁에 앉으라는 것처럼 손바닥으로 옆자리 의자를 두드렸다.

"쌤도 그렇지 않아요? 서핑 일 한다고 하면 세상 즐기면서 사는 줄로만 알지, 이렇게 고생하는지 아무도 모르잖아."

다영은 검지로 태경이 꾹꾹 누르고 있는 손목을 가리키면서 말했다.

"그런가……"

다영 옆에 앉은 태경이 고개를 갸웃거리다 "그래도 뭐, 좋아서 하는 거니까요"라며 어깨를 으쓱였다.

"하긴. 그 말도 맞다."

다영이 고개를 끄덕이는데, 그들 곁으로 다가온 콧털이 식탁 위로 폴짝 뛰어올랐다. 식탁 위를 어슬렁거리던 콧털이 노트북 키패드에 엉덩이를 대려 하자 다영은 "요놈 자식!"하며 콧털의 양쪽 겨드랑이를 들어 안았다. 짓궂은 표정을 지으며 도리질을 친 다영이 콧털을 바닥에 내려놓았다. 바사삭 소리를 내면서 어둠 속으로 사라지는 고양이를 바라보다 말고 다영은 "나도 그래요"라며 말을 이었다.

"가끔씩 허무해져서 문제지만 그래도 좋아서 하는 거니까. 삶의 맛은 나더라고요."

"무슨 맛이요? 삶의 맛?"

"응. 삶의 맛."

다영이 고개를 주억였다.

"저는요. 그전에는 왜 사는지 몰랐거든요. 왜 그런 사람들 있잖아. 장래희망 쓰라고 하면 뭐가 되겠다, 뭐가 되겠다 줄줄 쓰는 사람들. 난 그런 사람들이 하나도 이해가 안 됐어요. 살 이유도 딱히 못 찾겠는데 부친 모친 되시는 분들은 어찌나 볶아대던지, 앞날 생각 안 하냐, 넌 왜 그렇게 쓰레기처럼 사니, 그런 식으로 말하니까 더 힘이 빠지는 거야. 근데…… 쌤도 알죠? 몸 쓰면 딴생각할 겨를이 없어지잖아요. 실은 명상이나 요가 같은 게 나랑 맞을 거라고 생각하지는 않았거든요. 그런데 몸에 집중해버리고 나면 아무 생각이 없어지는 그 느낌이 너무 좋더라고."

말을 멈춘 다영이 고개를 돌려 풀장을 내다보다 다시

입을 뗐다.

"서핑도 마찬가지야. 바다에 떠 있으면 아무 생각이 안 들어. 되게 다른 거 같으면서도 엄청 닮았다니까요."

다영은 빗방울에 일렁이는 물결을 쳐다봤다. 그러다 뭔가 생각난 듯 "참!" 하고 외치고는 마우스를 움직였다.

"나, 쌤한테 줄 거 있었는데."

폴더를 뒤적인 다영이 동영상 파일 하나를 클릭했다. 영상에는 그들이 재회한 날 아침, 옆구리의 흉터를 보여주는 태경의 모습이 담겨 있었다. 상의 한쪽을 끌어 올리는 자신의 모습이 모니터를 메우자 태경이 민망해하며 손사래를 쳤다.

"뭐 하러 이런 걸 찍었어요."

"무슨 소리야? 쌤, 이런 게 바로 스토리예요."

다영이 손가락으로 노트북 화면을 치면서 말했다.

"요새 예쁘고 잘생긴 애들이 한둘이야? 얼굴 좀 되고, 몸매 좀 받쳐주는 걸로는 이 바닥에 명함도 못 내밀어요. 근데 이 흉터, 이 흉터는 딱 봐도 사연 있어 보이잖아. 이런 건 먹히는 스토리예요. 남들은 돈 주고라도 지어내는 스토리라니까? 우리 같은 인플루언서들이 자기 잘 나온 사진만 골라 올리는 거 같죠? 절대 아니에요. 스토리텔링. 이게 제일 중요해요."

다영은 마우스커서로 정지화면 속의 흉터를 가리켰다.

"사람들도 이제는 약아서 그저 그런 이미지에는 반응하질 않아요. 성장 스토리든, 독특한 아우라든, 어떤 쪽으로든 피사체의 사연을 이미지에 담아내야 본단 말이지. 지호가 그러던데 쌤이 이 캠프 이어받을지도 모른다면서요? 내가 지금 바로 보정해서 보내줄게. 혹시 알아요? 쌤한테 도움될지?"

적절한 정지화면을 찾은 다영이 이미지 편집 프로그램을 열었다. 다영은 마우스를 빠르게 움직이면서 보정하는 방법을 설명했다. 다영이 사진작가나 CF감독 들과 협업하면서 어떻게 보정해야 더 매력적으로 보이는지 연구해온 과정이나 각도와 포즈에 대해서 공부한 것들을 조곤조곤 늘어놓자 태경은 전에 없던 호기심이 일었다.

"선생님은 어쩌다가 이 일을 시작했어요?"

"아, 이거요……"

다영이 손을 놓고 태경을 바라봤다. 그의 얼굴이 노트북 화면 불빛을 받아 아몬드 빛깔로 번들거렸다.

다영은 자신의 계정도 처음에는 운동 팁이나 다이어트 식단 따위를 공유하던 흔한 계정에 불과했다고 말했다. 운동할 때 찍은 영상을 드문드문 올리기 시작한 것도 몸을 쓰는 데 재능이 있다는 사실을 알게 된 뒤의 일이었다. 그러다 이년 전 어느 날, 부모님이 해외여행을 간 사이 아파트 거실의 탁 트인 통유리창을 배경으로 찍은 요가 영상이 폭발적인 반응을 불러일으켰다. 알 수 없는 알고리즘을 타고 들어온 사람들은 다영의 몸짓과 창밖으로 보이는 전경에 열광했고, 잠깐 눈을 돌렸다 다시 폰을 보면 조회수가 수백회씩 올라가 있었다. 난생처음 경험한 어마어마한 규모의 관심에 다영이 같은 콘셉트로 사진과 영상을 계속 올리자 한달도 지나지 않아 협찬과 협업 제안이 산더미처럼 쌓였다.

"웃기죠? 그 짧은 영상 하나가 인생을 바꿨어."

다영이 미소를 짓고는 마우스를 몇번 더 클릭했다. 태경은 화면 불빛이 비추는 다영의 까무잡잡하면서도 매끈한 피부가 약한 힘만 줘도 깨져버릴 것 같다고 느꼈다.

"끝. 한번 봐요."

다영이 모니터를 가리키며 말했다. 화면을 보니 사진 속의 태경은 형형한 눈으로 어딘가를 쏘아보고 있었다. 민소매를 끌어 올린 팔의 근육이 도드라져 보였고 두줄의 흉터 또한 꿈틀대는 한쌍의 뱀처럼 옆구리를 사선으로 갈랐다. 흉터는 사진 아랫부분의 종아리에 살며시 보이는 상어문양 타투와 조화를 이뤘다. 사진 속의 존재는 분명 태경이었지만 스스로도 알지 못하는 무언가가 제 안에서 빠지고 또다른 미지의 것이 덧붙여진 듯했다.

"고마워요, 선생님."

태경이 식탁 의자에서 일어나면서 말했다.

"일찍 출발하니까 어서 눈 좀 붙여요."

태경의 말에 다영이 가볍게 웃었다. 다영은 뭔가 할 말이 있는 듯한 표정으로 태경을 빤히 올려다봤다. "왜 그러세요?" 하고 묻는 태경을 보며 다영은 고개를 저었다.

"아니에요. 걱정 말라고. 이따 아침에 봐요."

*

태경이 만지작거리던 폰을 매트리스에 내려놓았다. 침대에서 몸을 일으킨 그는 행어에서 스포츠수건을 빼내 어깨에 걸치고는 보조배터리를 찾았다. 태경은 폰에 보조배터리를 꽂은 채 1층으로 내려갔다.

지상 훈련이 끝난 거실은 휑했다. 도미토리 안에서 들려오는 사람들의 목소리를 지나쳐 풀장으로 나간 태경이 몸을 풀었다. 스트레칭을 마친 그가 바닥에 팔꿈치를 대고 엎드려 플랭크 자세를 취했다. 힘을 준 배가 후들거렸다. 태경은 삼분을 버틴 다음 풀장으로 뛰어들어 몸을 식히고서 다시 바닥으로 올라왔다. 플랭크에 이어 버피테스트와 스쿼트, 점프스쿼트 같은 코어운동을 이어가면서 땀을 내고 있는데 여자 도미토리 문이 열렸다. 새어나오는 웃음소리를 따라 형형색색의 옷으로 갈아입은 강습생들이 거실로 나왔다. 청자색 미니 원피스를 입은 다영도 그들 무리를 뒤따랐다. 거실로 나온 다영이 파스텔톤 에코백을 고쳐 메다 태경을 발견하고는 풀장 쪽으로 다가왔다.

"쌤, 자세 진짜 좋다!"

"나가게요?"

운동을 멈춘 태경이 수건으로 땀을 닦으며 물었다. minda's wellness라는 상호가 캘리그래피로 인쇄된 에코백은 촬영장비 탓인지 한눈에 봐도 터질 것처럼 빵빵했다.

"네, 스미냑에 바베큐 맛집 있거든. 거기 가려고요."

"너티 누리스 가는구나?"

"응, 쌤도 알죠? 같이 갈래요?"

"아뇨. 여기 오래 살면 외식도 지겨워."

태경은 웃는 낯으로 고개를 저었다.

외출을 약속한 시간이 가까워진 모양이었다. 1층 남자 도미토리는 물론 2, 3층의 개인실에서 지내는 강습생들까지 거실로 모이기 시작했다. 평일 동안 서핑과 훈련에 매진했던 사람들은 남국이라서 가능한 화려하고 가벼운 차림으로 불금의 시동을 걸었다. 청춘이 내뿜는 열기에 분위기는 달아올랐고 태경은 남은 운동을 미련 없이 포기했다. 다영과 나란히 거실로 들어오는데 맞은편에서 지호가 계단을 내려오는 게 보였다.

"호!"

다영이 지호를 불렀다.

"호오?"

태경이 질색을 하면서 다영을 쳐다봤다. "으……" 하고 상한 비위를 감추지 않는 태경에게 다영이 "뭐 어때? 귀엽잖아"라고 속삭이고는 지호에게 손짓을 했다. 흰색 와이드셔츠에 검은색 리넨 반바지를 깔끔하게 다려 입은 지호가 건들대며 그들 곁으로 왔다. 다영에게 눈인사를 한 지호가 쭈뼛거리며 태경의 표정을 살폈다. 태경은 지호의 시선을 피하면서 스포츠수건을 빨래수거함에 던져 넣었다.

"누난 안 갈 거지?"

지호가 엉뚱한 데를 보며 물었다.

"어. 손님들 잘 챙겨."

"어."

짤막하게 말을 섞은 둘은 서로 다른 곳을 쳐다봤다. 부자연스러운 공기가 감돌자 그들을 한자리에 모은 장본인은 이 상황을 즐기듯 둘을 번갈아 봤다.

"으이구. 둘 다 적당히 좀 해."

다영이 핀잔을 주더니 그들을 남겨둔 채 거실의 사람들 틈으로 섞여들어갔다. 갑자기 남겨진 둘은 짜기라도 한 것처럼 다영의 뒤통수를 따라 고개를 돌렸다. 그들의 시선이 따라간 곳에서 강습생들은 삼삼오오 모여 떠드는데 여념이 없었다. 오후의 햇살은 풀장 쪽 통유리로 들어와 들뜬 얼굴들을 환하게 비추었다. 땀 냄새가 채우던 자리에 스킨과 향수 냄새가 흘렀고, 언제 다시 내릴지 모를 스콜에도 파티에 갈 채비를 마친 사람들은 작별이 다가온 이들 곁에서 웃고 떠들기를 멈추지 않았다.

태경은 주말에 떠나게 될 강습생들을 바라봤다. 천재지변이 없는 한, 토요일과 일요일 자정경에 출발하는 비행기 시각에 맞추어 캠프를 떠날 사람들이었다. 활화산인 아궁산이 섬 가운데 우뚝 솟은 발리에서 천재지변은 흔한 일이었지만 이번 주에는 특별한 지진이나 화산 예보가 없었고, 사람들은 그간 정든 이들과 함께 요란뻑적지근한 금요일을 보내기로 작정한 듯했다.

"야야. 니들 한국 가면 이 사람 이제 너희 모르는 척할걸?"

한데 모인 사람들 틈에서 야구모자를 거꾸로 쓴 주성이 다영을 가리키며 말했다.

"이 아저씨가 뭐래? 안 그럴 거거든?"

"어쭈? 이거 봐라? 쳤어? 셀럽이면 다냐?"

주성이 그가 입은 농구유니폼을 펄럭이면서 다영에게 잽을 날리는 시늉을 했다. 다영도 지지 않고 주먹을 휙휙 휘두르자 곁에 있던 사람들이 웃음을 터뜨렸다. 다 큰 어른이 철부지가 되어 장난을 치는 것도 잠시 머무는 사람만이 가질 수 있는 특권이었다. 짧게는 일주일에서 길게는 서너달을 함께 보낸 사람들이 한데 모여 떠들고 있었다. 이번 주말에 떠나게 될 사람들은 리뷰 때마다 이어지는 날 선 지적에도 기분 나쁜 내색을 비친 적이 없던 이들이었다. 태경 입장에서는 그런 강습생들에게 마음이 더 ~~가고 열이적이었다~~ 군말 없이 잘 따라준 것이 고마웠고, 실력이 늘어서 돌아가길 진심으로 바랐다. 언제가 될지 기약하지는 못하더라도 꼭 다시 만나기를 바랐다.

이런 날이면 태경도 만사를 제쳐두고 사람들과 같이 나가고 싶었다. 비치클럽이나 펍에 가서 잘 마시지 못하는 술이라도 하고 싶었다. 미처 나누지 못한 이야기도 마저 하면서 떠나는 이를 두고 뭉클해지는 기분도 느껴보고 싶었다.

그러니까 외식이 지겨운 게 아니었다. 함께하고자 하는 의지가 없는 것도 아니었다. 다만 왜인지 그런 기분을 느끼는 것이 자신에게는 허락되지 않는 일처럼 여겨졌다. 얇고 투명한 벽이 눈앞에 가로놓인 것 같았다. 태경은 몸을 돌렸다. 풀장으로 다시 나가려는데 지호가 "누나" 하고 그를 불렀다. 고개를 돌리니 지호도 좀 전의 태경처럼 열대의 충동과 열기로 꽉 찬 거실을 멍한 표정으로 보고 있었다.

"아까는 내가 잘못했어."

"뭐 잘못 먹었냐?"

"아니, 그게 아니고. 사람이 진지하게 말하잖아. 아……짜증."

지호가 반바지 주머니에 두 손을 찔러 넣어 팔을 쭉 뻗었다. 가슴을 편 그가 부풀린 풍선에서 바람을 빼듯 숨을 내쉬었다.

"그냥 나도 요새 생각이 많아. 좀 붕 떴어. 그래서 그랬어."

조심스럽게 말한 지호가 어깨를 축 늘어뜨렸다.

"근데 누나. 누나도 손님들 너무 쪼지 마. 누나가 종민이 형인 건 아니잖아. 나도 종민이 형한테 많이 배웠어. 서퍼로서도 존경하고. 근데 나는 형이 아니거든. 형은 형만의 카리스마가 있는 거고 나한텐 그런 거 없어."

이마를 긁적이면서 조용하게 말하던 지호가 태경을 쳐다봤다.

"나도 언제까지 형 누나 뒤치다꺼리나 하며 지낼 순 없잖아. 이제 내 길 찾아야 될 거 같은데, 나는 형 같은 방식으로 하고 싶지는 않거든. 누나도 너무 형처럼 하려고 무리하지 마. 아무나 그렇게 할 수 있으면, 발리에 서핑캠프가 몇갠데 다 민스서프처럼 잘되게? 이종민이니까 그게 되는 거지."

"너 많이 컸다? 누나 가르치려 들고?"

"아니, 진짜 나는 진심이라고."

"진심이고 자시고 손님들이나 잘 챙겨. 술 너무 마시지 말고."

"예예, 알겠습니다."

지호가 넌더리를 냈다.

농담을 섞어 무뚝뚝하게 대꾸하긴 했지만 지호의 말은 정곡을 찌르는 데가 있었다. 예민해질 대로 예민해져 강습생들과 지호를 질책하던 스스로가, 그들의 얼굴마다 내렸던 어두운 그림자가 떠올라 태경의 마음이 잔잔하게 소용돌이쳤다. 그때 거실 한편에서 다영이 "우버 택시 도착했대!"라며 폰을 흔들었다.

"다들 고고! 성지호 어딨냐? 가자!"

현관으로 가장 먼저 달려간 주성이 지호를 찾으며 두리번거렸다.

"고고! 고고!"

사람들이 돌림노래처럼 외치면서 현관으로 몰려들었다. 지호도 그들 틈으로 걸음을 옮겼고, 순식간에 조용해진 거실에 홀로 남은 태경은 멍하니 서 있다가 현관으로 다가갔다. 미처 닫히지 않은 현관문을 걸어 잠그자 시끌벅적하게 새어들던 목소리들이 더는 들리지 않았다.

할루스

HALUS

알루스(alus)라고도 한다. (상대적으로) 고상한, 문명화된, 우아한, 부드러운.

우기는 끝날 줄 몰랐다.

밤마다 스콜이 쏟아졌고, 캠프생들은 제습을 위해 밤새
도록 에어컨을 돌렸지만 열악한 전력 사정 탓에 매일 밤
두꺼비집 차단기가 내려갔다. 냉장고 소리와 수영장 모터
소리가 끊기면 거실에 어둠이 내리면서 방문이 하나둘 열
렸다. 비몽사몽간에 차단기를 올리러 나온 사람들도 이제
는 캄캄한 거실에 나란히 앉은 태경과 다영의 모습이 익
숙했다. 그들은 둘이 사귀냐는 둥 싱거운 농담을 하고는
다시 방으로 들어가 잠을 청했다.

하루는 차단기가 내려가고 얼마 있지 않아 2층에서 비

명이 들려왔다. 고라니 울음과 같은 소리에 태경과 다영이 올라가보니 개인실에서 지내는 주성이 문 앞에 놓인 생쥐 사체를 보고 기함을 치고 있었다. 거구의 남자가 사색이 되어 꽥꽥거리는 모습에 둘은 웃음을 참지 못했지만 짓이겨진 동물 사체를 보고 얼굴을 찌푸린 태경과 달리 다영은 주성을 손가락질하며 숨이 넘어가라 웃어댔다.

"햐, 이런 건 또 처음 보네."

다영은 다리를 벌벌 떠는 주성 앞에 쪼그려 앉았다. 작디작은 미지의 생명체와 처음 조우한 것처럼 호기심 어린 눈으로 생쥐의 사체를 살피던 다영이 생쥐의 꼬리를 맨손으로 집어 들었다.

"야! 뭐 하는 거야!"

주성이 기겁을 하며 뒷걸음질했다. 망설임 없이 사체를 들고 일어난 다영은 복도 창문을 열었다. 허리를 뒤로 젖혀 반동을 준 다영이 밤거리를 향해 사체를 던졌다. 태경은 눈을 꽉 감았으나 머릿속에서는 사체가 긴 호를 그리며 살점을 흩뿌리는 광경이 생생하게 그려졌다. 철썩, 젖은 땅 위로 물컹한 것이 떨어지는 소리가 났다.

"오빠, 휴지."

다영이 검지와 엄지를 주성의 눈앞에 대고 꼼지락거렸다.

"아이씨! 왜 이래? 얘 진짜 돌았나봐!"

주성이 태경에게 일러바치듯 말하고는 질린 얼굴로 화장실까지 냅다 뛰었다. 주성의 등에서 눈을 부라린 사천왕이 눈썹을 위아래로 씰룩였다. 그것을 본 태경은 소름이 돋은 목덜미를 주무르다 말고 실소를 터뜨렸다. 그러나 주성이 휴지를 둘둘 말아 부산스럽게 돌아오는 것을 보면서 태경이 고개를 저은 까닭은 비단 오밤중에 쿵쾅대며 뛰어다니는 문신남이 우스꽝스러웠기 때문만은 아니었다.

태경은 주성에게 휴지를 건네받는 다영을 힐끔거렸다. 다영은 무심한 얼굴로 제 손을 닦았다. 한동안 태경을 혼란 속으로 밀어넣곤 했던 그 얼굴이었다. 감정이 모두 탈색된 것처럼 보이는 그 얼굴은 태경으로 하여금 그들이 여태껏 입에 올리지 않았던 한 시절을 떠올리게끔 했다. 날이 갈수록 악랄해지던 올라프의 태움이, 꼿꼿이 맞서다 부러지고 구겨졌던 다영이, 방관과 동조의 경계 위에 서 있었던 자신의 모습이, 속을 헤아리지 못할 저 불투명한 표정에 어스름히 비치는 듯했다.

　다영이 캠프에 온 지도 스무날이 지나고 있었다. 그간 태경의 통증과 다영의 불면은 둘을 계속 거실로 불러냈다. 어두운 식탁 위에 노트북을 펼친 다영이 아몬드빛 얼굴로 자기 일을 열정적으로 말할 때면 태경은 무장해제가 되어 이야기 속으로 빨려들었다. 그러니까 인플루언서 일은 일종의 창작이라고, 냉정한 시장 안에서 남들과 비슷해서는 아류밖에 되지 않는다며, 유니크한 콘텐츠를 구축하려면 제 안으로 파고들어가 찾아낸 자아를 밑그림 삼아 사람들에게 똑바로 보여주어야 한다고 다영은 말했다. 자신의 모든 것을 갈아넣어 콘텐츠를 만드는데도 익명의 인간들이 욕하고, 꼴값 떤다는 댓글을 달고, 입에 담지 못할 말을 남기는 경우가 적지 않았고, 그럴 때면 저치들이 보는 건 내가 만든 허울뿐이라고 최면을 걸어보기도 하지만 결국은 나라는 인간을 향한 공격으로 받아들일 수밖에 없는 순간도 온다며 고충을 털어놓은 적도 있었다.

다영은 지나친 관심이 부담스러울 때도 있고, 콘텐츠를 보는 사람들이 모두 자신을 좋아하리라 기대하지도 않았다. 다만 종종 전혀 모르는 누군가로부터 응원의 메시지를 받을 때면 그게 그렇게 좋을 수 없다며, 몸을 쓰면서 마음을 다스렸던 경험이 한때 그를 구원했듯 지금은 이 일을 통해 구조받고 있는지도 모르겠다고 말하고는 싱긋이 웃어 보이기도 했다.

"쌤. 그래봐야 이거 돈 얼마 안 돼요. 이런 식으로 살다가 나중에 내가 진짜 할 거 없어지면 어쩌나 싶을 때도 많고……"

푸념을 덧붙이기도 했으나 태경 눈에는 외려 그가 일을 통해 가능성을 넓혀가는 과정을 즐기는 것처럼 보였다. 안정적인 일자리를 박차고 나와서 온전히 스스로를 위해 열정을 쏟아붓는 일. 다영이 푸념 조로 말하며 웃어넘기려 해도 태경 눈에는 그 즐거움이 느껴질 수밖에 없었다.

다름 아닌 자신이 바로 그러했으니까.

태경이 서핑에 빠져든 순간도 마찬가지였다. 그것은 스포츠 하나에 몰두하는 일 이상이었다. 어딘가에 속하고 싫어도 매번 튕겨져나오기만 했던 불안정한 생활 끝에 이럴 바에는 물에 둥둥 떠다니는 부초로 살겠다면서 스스로를 벼랑 끝으로 몰아붙인 순간이기도 했다.

무언가에 미치게 되는 일. 여기가 한계일 거라는 지레짐작을 넘어서보는 일. 그리하여 더 나은 내가 되어가는 모습을 갈라지는 근육으로, 유연해진 관절로, 그을리는 살결로 확인하고야 마는 일. 다영의 이야기를 듣다보면 태경은 열정으로 똘똘 뭉쳤던 과거의 자신이 꿈틀거리며 되살아나는 듯했다. 되새겨진 열망은 태경에게 내가 누구인지, 내가 있어야 할 자리가 어디인지를 알려주었다.

그곳은 바다였다.

태경은 약간 달아오른 얼굴로 다영의 노트북 화면을 바라봤다. 그러고는 다영이 편집하던 라이딩 영상을 자기 쪽으로 돌렸다. 영상 속에서 파도를 타고 있는 다영을 짚으며 태경이 "선생님, 이거 한번 봐요"라고 말했다.

"이 부분처럼 시선이 립을 향하면 보드가 파도 위로 올라가서 파도 뒤로 넘어가버려요. 이렇게 풀아웃되어버리면 롱라이딩을 못한다고요. 이걸 막으려면 시선을 가상의

포인트에 둬야 해요. 여기 파도 경사면 가운데를 쭉 따라
가서 저 멀리 소실점에 가상의 점이 있다고 생각하는 거
야. 시선은 거기 두기만 하면 돼요."

태경이 말려들어가는 파도의 끝을 두드렸다. 이런 식으
로 둘만의 시간에 이루어지는 개인 강습을 다영도 기꺼워
하지 않을 까닭이 없었다. 말똥말똥한 눈으로 고개를 연
방 끄덕이는 다영을 보면서 태경은 의자에 앉은 채로 엉
덩이를 들썩이며 설명을 이어나갔다.

"대신 골반은 빼지 말고. 이 영상처럼 골반을 뒤로 빼면
무게중심이 뒤로 가서 속도가 느려져요. 이건 브레이크를
거는 거랑 같은 거야. 롱라이딩을 하려면 몸에서 힘을 완
전히 빼야 돼."

태경이 팔을 축 늘어뜨려 힘을 빼는 시늉을 하자 다영
이 픽, 웃었다.

"쌤, 서핑 얘기할 때 사장님이랑 되게 비슷한 거 알아요?"

"종민 오빠요?"

"응."

"선생님, 오빠 본 적 있어요?"

"당연하지. 내가 계약 당사잔데 설마 만나지도 않고 사인했을까봐?"

별걸 다 묻는다는 투로 반문한 다영이 말을 이었다.

"꼼꼼하기가 무슨 은행원인 줄 알았다니까. 왜 그런 거 있잖아요. 주 몇회 이상 내 인스타에 민스서프 태그 노출하고, 인스타 스토리에 주기적으로 영상 올리고. 사장님도 연예계 생활 오래해서 그런지 이 바닥 어떻게 돌아가는지 빠삭하더라고요. 지난주에 스랑안 놀러갔을 때도 밥 같이 먹었거든. 묻지도 않은 걸 얼마나 떠드는지 내가 사누르에 숍 하나 차리는 줄 알았어요. 근데 그런 거 보면 확실히 비슷해. 쌤이나 사장님이나 뭔가 은은히 미쳐 있는데 또 정신 줄을 확 놓은 거 같지는 않고……"

"그거, 별로 안 좋은 말 같은데요?"

"아니에요, 당연히 좋은 말이지. 둘 다 되게 꼼꼼하고 빡빡한 구석이 있거든. 나는 그런 사람들은 성공할 수밖에 없다고 봐."

"아, 아, 그런 거요?"

태경이 말을 길게 늘이며 등을 폈다.

"그거 우리 둘 다 꼰대라서 그래요. 내가 그 사람한테 많이 배웠죠."

능청스레 말하자 다영이 태경의 어깨를 잡고서 소리 내어 웃었다.

태경도 언뜻 웃음이 새어나왔으나 편하게 웃는 건 어쩐지 저어됐다. 종민의 이야기가 나오자, 불현듯 종민이 인플루언서에게 협찬을 하겠노라 했을 때 자신이 느꼈던 극심한 반감이 떠오른 탓이었다. 물론 이제와 실은 그랬다고, 당신이 오는 것을 탐탁지 않아 했다고 고백한다 해서 둘을 둘러싼 공기가 눅눅해질 것 같지는 않았다. 오히려 이런 고백이 둘 사이의 허물을 없앨지도 몰랐다.

다만 아주 가까워졌다고 생각되는 순간에도 넘지 못할 선이 다영에게 다가가는 것을 가로막을 뿐이었다. 고백은 목 끝까지 올라왔으나 밖으로 나오지는 못했고, 입안에서만 맴돌던 말은 되삼켜져 사라졌다. 다영과 대화를 하다 보면 이렇게 침묵이 내릴 때가 간간이 있었다. 즐거운 수다 속에서 무한정 과거로 돌아갈 것만 같았던 그들의 시계는, 그러나 늘 같은 곳에 멈춰 서곤 했다.

태경은 그때가 언제인지를 정확히 알았다.

그것은 다영이 올라프의 책상 위에 사직서를 올려둔 날의 아침이었다. 봉투를 열어본 올라프는 사직서와 함께 들어 있는 정신과 진단서를 발견했다.

애 진짜 미친 거 아니야!

올라프가 종이 쪼가리를 찢어 사방으로 던지자 모니터에 몰래 띄워둔 채팅창에는 길길이 날뛰는 그를 욕하는 문장으로 빽빽이 채워졌다. 하지만 정작 다영은 그 욕을 볼 수 없었다. 저렇게 태워지다 죽어버리지 않을까 하는 공포는 모두가 느껴온 것이었으나 그 채팅방에 있는 사람들 중 다영에게 먼저 손을 뻗은 이는 아무도 없었다. 그래서 태경은 알 수 없었다. 그날 이전으로 시계를 되돌린다면, 만에 하나 그들이 암묵적으로 정해둔 선을 넘어간다면, 대화가 어떤 방향으로 튀어버릴지 감히 상상도 되지 않았다.

그나마 다행스러웠던 점은 그들의 묵계가 제법 단단했

다는 사실이었다. 침묵마저 자연스러운 사이가 된 것인 양, 그들 사이에 불시에 내린 정적도 이제는 거북하지 않았다. 식탁 주변이 진공상태가 될 때면 태경은 고요한 물 속에 들어가 있을 때처럼 귀가 웅웅거렸다. 원도병원을 떠난 뒤로 다영이 거쳐왔을 지난한 회복의 시간이 이 정적 속에 고스란히 녹아 있는 것만 같았다.

때문에 그즈음 태경은 다영이 때때로 보이는 무감정한 모습을 하나의 징후로 여겼다. 주성이 말한 것처럼 그가 돌아버려서가 아니었다. 극한까지 몰렸다가 얼마간 회복에 이른 사람에게서는 기존의 어떤 스위치가 꺼지고 전에 알지 못했던 다른 스위치가 켜지기 마련이었다. 다영의 무심함을 기괴하게만 여긴다면 한없이 기괴하게 볼 수도 있겠지만 태경이 보기에 그것은 단지 새로운 모습이 낯선 탓일 뿐이었다. 다영에게서 느껴지는 이질감은 그가 겪어야 했던 모진 시간의 결과인 동시에 여느 사람들이 아직 이르지 못한, 혹은 영원히 닿지 못할 어딘가에 이미 도착해 있다는 증표처럼 여겨졌다.

그럼에도 발밑에 달라붙던 모래처럼 한줌의 불신은 태

경 안에 찜찜하게 남아 있었는데, 그마저 남김없이 사라
져버린 것은 캠프를 이어받는 일을 두고 다영에게 고민을
털어놓았던 어느 밤이었다. 선택에 따라 급변할 일상과
서핑을 빼면 아무것도 남지 않을 자신 사이에서 우왕좌왕
하는 태경에게 다영은 그래도 기회를 잡아야 한다고 채근
했다. 그러나 태경은 주인이 아니면서 주인처럼 행세하는
스스로를 어느 정도까지 감당할 수 있을지 모르겠다며 고
개를 저었다.

"지호도 선생님이랑 비슷한 얘기를 했어요. 누나는 누나
의 방식을 찾아보라고. 그런데, 그게 참 어려운 거야……"

"걔 똑똑하네."

"누구? 성지호?"

"응, 내가 말한 것도 그거잖아요. 자기 안으로 파고드는
거."

여러 명의 다영이 떠 있는 노트북 화면을 가리키면서 다
영은 말했다.

"내가 누군지를 알아야 나를 팔 수 있다니까요?"

어깨를 으쓱거린 다영이 씩 웃었다. 태경도 그와 비슷

한 농도의 미소를 머금은 채 그를 마주 봤다. 여전히 다영 안에서 어떤 스위치가 꺼졌는지는 알 수 없었으나 새롭게 켜진 스위치가 무엇인지는 분명히 알 것 같았다.

그 무렵 다영은 팔로워가 10만을 넘기게 되면 혼자서 계정을 관리할 수 없다면서 소속사를 고르던 중이었다. 여러 소속사들의 장단점을 분석한 자료를 보여주면서 개인 사업과의 시너지를 고려하는 다영에게는 그저 달라졌다는 말로는 다 담지 못할 변화가 담겨 있었다. 다영에게 창업은 일종의 예술이었다. 그는 일을 통해 스스로를 표현했고, 스스로를 표현함으로써 일을 확장하고자 했다. 발리에 오기 전부터 브랜딩 작업을 해왔다고 말을 했을 때도, 웰니스 콘셉트를 발판 삼아 아웃도어 활동에 특화된 상품들을 SNS마켓에 대거 입고하고 있다는 이야기를 했을 때도, 샘플로 가져온 립밤을 건네며 화장품에서 가장 마진이 높은 부분은 케이스라는 시장의 속사정을 얘기했을 때도 가벼운 미소 안에 탈피와 변화의 증거가 담겨 있었다.

그런 증거를 목격하고서 방으로 올라오면 태경 또한 새

롭게 시작하게 될 삶을 진지하게 생각하지 않을 수 없었
다. 이층침대 아래칸에 누운 태경의 머릿속에는 다영에
게서 영감을 받은 갖은 질문들이 떠올랐다. 어떻게 손님
을 유치할 것인지, 민스서프의 철학을 유지하면서도 어떤
식으로 나만의 강점을 드러낼 것인지, 그리하여 종내에는
어떤 형태의 서핑숍을 차리고 싶은지 묻는 질문에 연이은
대답들이 분수처럼 퐁퐁 솟아올랐고 태경은 떠오르는 아
이디어들을 폰 메모장에 정신없이 적어내려갔다.

자신의 안에서도 어떤 스위치가 켜진 듯했다. 태경은
그제야 어쩌면 그가 공포를 느꼈던 모든 순간들이 지레짐
작에 불과했는지도 모른다는 생각이 들었다. 다영이 파도
를 등질 때마다 목격했던 무심한 얼굴은 사실, 태경이 그
러했던 것처럼 매일 새롭게 주어지는 나날에 충실했던 한
인간의 모습이었을 따름인지도 모른다고. 그저 자기만의
완벽한 파도를 만나기 위해 그도 끊임없는 시도를 해왔던
것뿐이라고.

그러니까 다영은 그런 사람이 아니었는지도 모른다고.

다른 사람과 어울릴 생각을 않던 사람으로, 조직을 위

해 굽힐 줄 모른 채 오만하기만 하던 사람으로 여겼던 것
은 남들의 평가에 휩쓸렸기 때문일 뿐이며, 그가 그렇게
보인 까닭은 다만 맞지 않는 자리에 있었기 때문이라고.
외려 가혹함에 쓰러져버리는 대신 끝내 회복하여 삶으로
복귀한 사람인지도 모른다고.

끄라마

KRAMA
축자적으로는 '길' '방법'. 공동체와 관련하여 '구성원(성원권)'
혹은 '시민(시민권)'을 가리키는 말로도 사용된다.

"이러다 우리 아예 못 돌아가는 거 아니야?"

담배를 입에 문 채 주성이 웅얼댔다. 까덱과 예카가 케이블을 들고 승합차 위에 올라가 보드를 고정하는 동안 차량 곁에 모인 강습생들은 저마다 폰을 붙잡고 한마디씩 거들었다.

2020년 2월의 셋째주 금요일이었다. 대한민국 전역을 통틀어 서른명에 불과했던 확진자가 신흥종교의 교당을 거치면서 엿새 만에 팔백명을 넘기자 사람들은 해외 축구 경기 스코어를 챙기듯 폭증하는 숫자에 골몰했다.

"가긴 어딜 가. 그냥 여기서 살아."

태경이 숏보드를 바이크에 거치하면서 말했다. 눈썹을 씰룩거린 주성이 "그럴까?"라며 옆에 있는 지호를 팔꿈치로 쳤다. 지호는 대꾸 없이 폰에 고개를 박고 이마를 긁었다.

농을 치긴 했어도 태경 역시 사태가 심상치 않다는 것은 알고 있었다. 지난 주말에 세명이 캠프를 떠나는 동안 응우라이 공항을 통해 발리로 들어와야 했을 여섯명은 모두 예약을 취소했다. 태경이 이곳에서 일을 시작한 이래, 아무리 비수기여도 강습생이 열명 밑으로 떨어진 적은 없었는데 이제 캠프에 남은 강습생은 여덟명이었다.

"누나. 종민이 형 내일 사누르에서 온다는데?"

지호가 태경 곁으로 다가와 폰을 내밀었다. 바이크에 올라탄 태경이 지호가 보여준 스태프 채팅방 화면을 훑어봤다. 그간 사누르에 숙소를 잡아두고 분점 설립을 진행하던 종민이 캠프로 복귀하겠다고 적은 메시지가 떠 있었다. 메시지 위로 예약을 취소한 손님들의 리스트가 추가돼 있었다. 얼추 헤아려보니 불과 엿새 동안 예약 강습생의 절반이 떨어져나간 셈이었다.

"렘봉안 가는 거 어쩌지? 가지 말까?"

지호가 풀이 죽은 목소리로 물었다.

다음 날인 토요일은 다영의 제안으로 렘봉안섬에 가기로 한 날이었다. 가이드를 자처한 지호는 현지여행사를 통해 1박 2일짜리 투어를 예약해두었는데 종민이 돌아온다는 말에 갈피를 잡지 못했다.

"네가 남으면 뭐가 달라져? 손님들하고 약속한 거잖아. 다녀와."

태경이 헬멧을 쓰면서 말했다. 바이크의 시동을 건 태경이 턱으로 승합차를 가리켰다.

"오늘 끄둥우 가니까 중간에 탕키 집 들러서 탕키 데리고 오고."

"그러게 탕키가 안 보이네? 무슨 일 있대?"

"둘째가 좀 아프다고 연락 왔어. 병원 좀 들렀다 온다네."

"아니 그러면 쉬지. 뭘 또 바득바득……"

"야, 쉬면 일당은 어디서 벌어? 가뜩이나 병원비도 비싼 나란데. 하여간, 이따 끄둥우에서 보자. 손님들 잘 챙겨."

태경이 핸들 액셀을 돌리며 말했다. 지호가 승합차로

가면서 손을 흔들었다. 바이크 소리가 주택가를 울렸고 울퉁불퉁한 보도블록 위로 흙먼지가 날렸다.

탕키와 그의 일가가 정착해서 살고 있는 끄둥우는 바뚜볼롱보다 11킬로미터가량 북쪽에 있는 해변이었다. 서핑 스폿 외에도 비치클럽, 레스토랑 등의 인프라가 잘 갖춰진 바뚜볼롱이나 울루와뚜와 달리 끄둥우는 한적한 시골 해변이었다. 골수 서퍼가 아니라면 찾을 일이 없는 곳이라 그곳으로 향하는 좁다란 이차선 도로도 조용했다.

계단식 논 사이에 구불구불 난 아스팔트 차로를 삼십여분 달린 태경이 샤카 앞마당에 바이크를 세웠다. 까덱의 부모님이 운영하는 발리 현지식 식당인 샤카는 끄둥우에서 드물게 외국인 관광객을 상대로 장사를 하는 곳이었다. 이곳에 오는 날이면 태경은 이 식당에서 강습생들과 끼니를 해결하곤 했다. 이른 아침이라 샤카의 철제 셔터는 굳게 닫혀 있었다.

익숙한 곳에 정차한 까닭은 눈이 심하게 부신 탓이었다. 우기가 끝나려면 아직 멀었지만 계절에 맞지 않게 건기 때처럼 맑은 햇살이 쏟아져 헬멧 바람막이 안으로 자꾸 비쳐들었다. 좌석 아래 트렁크에서 안경집을 꺼낸 태경이 알이 크고 둥근 선글라스를 썼다. 눈부심이 해결되면서 짙푸른 작물들이 흔들리고 있는 주변 풍경이 또렷하게 눈에 들어왔다. 때 이르게 눅눅함이 가신 바다 냄새가 바람을 타고 코끝을 스쳤다. 검정색 저지를 벗어 트렁크에 넣은 태경이 기지개를 켜고는 중얼거렸다.

"좋다……"

태경은 탁, 소리가 나도록 좌석을 내려 닫았다.

입 밖으로 나온 말과 달리 마음은 복잡했다. 세상은 어제와 다르지 않은데 어딘가부터 무너져내리고 있는 것처럼 보였다. 고양이들은 오늘도 담장을 넘어와 거실을 배회했지만 밥그릇을 채워주던 사람들은 확연히 줄어들었다. 방 안에서 에어컨을 켜달라고 성화를 부리던 이들도 하나둘 떠났다. 넘실대는 파도 위에서도 사람들의 자취는 점점 옅어졌다. 조용히 무너지고 있다는 징조가 곳곳에 보였으나 태경 안에서 좋다는 마음은 물러날 기미가 없었다. 풍요가 깃든 자연은 그로 하여금 한쪽이 파쇄된 비탈을 외면하게끔 해주었다. 다시 바이크에 올라 끄등우로 향하기 시작한 그의 목덜미로 청량한 기운이 스쳐 지나갔다. 태경은 연방 액셀을 돌리며 속도를 높여갔다.

자연만큼이나 태경을 고양시킨 것은 고은의 부재였다. 열흘 동안 태경의 진을 빼놓았던 고은은 지난 주말에 귀국했다. 배우지 않은 것은 하지 말라는 당연한 말에 삐친 뒤로 고은은 대놓고 태경의 말을 무시했다. 다른 강습생에 비하면 면박을 준 축에도 끼지 못했는데도 그는 가르쳐주는 사람에 대한 존경심을 일절 보이지 않았다. 떠나는 날까지도 캠프에서 택시를 예약해달라며, 이 정도 서비스는 당연히 제공되어야 하는 거 아니냐고 생떼를 부리는 바람에 뭐 저런 인간이 다 있나 싶어 화가 일기도 했지만 사람을 상대하는 일인 이상 별별 인간을 다 겪으며 인내하는 것은 숙명이었다. 마지막으로 남은 진상이 떠났고 이제는 해프닝 정도로 치부하면 될 일이었다. 앓던 이가 빠진 기분을 만끽하며 태경이 좌우로 유연하게 몸을 기울였다. 도로를 달리는 동안 바다가 가까워지면서 녹음이 짙어졌다. 열대우림으로 이어지는 해변 입구에 다다르자 발리 전통 두건인 우뎅을 이마에 두른 경비원이 팔을 들어 태경을 멈춰 세웠다.

"Hai! Orang Korea!"

"Tanky ada di sini?"

"Tidak, tidak."

탱키가 왔냐는 물음에 경비원이 손을 내저으며 아니라고 했다. 태경은 반바지 주머니에서 루피아 지폐 몇장을 꺼냈다. 해변 입장료를 챙기는 경비원에게 이따 우리 승합차가 들어올 거라고 얘기하니 그가 익숙하다는 표정으로 엄지를 뒤로 흔들며 안으로 들어가라는 사인을 보냈다.

입구를 통과한 태경은 양옆으로 높나랗게 우거진 방풍림을 지나쳤다. 교목이 군데군데 박힌 조야한 자갈 주차장 뒤로 간이상점 서너곳이 전을 차리고 있었다. 탄산음료와 코코넛열매 따위를 진열하던 상점 주인들이 태경을 알아보고서 손을 흔들었다. 방죽 근처에 바이크를 세운 태경이 그들에게 반갑게 인사를 했다. 고개를 해변으로 돌리자 우림에 감싸여 외지인에게는 쉽사리 맨살을 보이지 않는 끄등우의 검은 모래밭이 드넓게 펼쳐졌다.

용암이 꿈틀거리는 분화구마저 관광 수익원인 발리는 언제 다시 폭발해도 이상할 게 없는 화산섬이었다. 뭉위, 따바난, 바둥, 기안야르, 끌룽꿍, 까랑아셈. 지금은 발리의 지명들로 남은 수많은 부족국가가 군주국의 지위를 두고 오랜 세월 쟁투를 이어가던 중에도, 네덜란드 군대가 사누르 해변으로 들어와 식민지시대의 서막을 열었던 20세기 초에도, 백만명이 넘는 사람들을 학살하면서 들어선 군부국가에서 이교도의 땅으로 생존해 세계적인 휴양지가 된 현재에도 천재지변은 이곳 사람들이 영위하는 생활의 일부였다. 그들이 뿌리내린 이 땅의 기원을 입증하는 검디검은 모래밭은 거친 파도로 유명한 쇼어브레이크까지 이어졌다.

흑사장에서부터 포말이 산산이 흩어지는 물속으로 조금만 들어가면 바닥은 바위였다. 특히 해안 오른편에는 스치기만 해도 베일 듯한 날카로운 화산석들이 고개를 뾰족하게 내밀고 있었다. 검은 바위들은 간조 때가 되면 중세 서양기사들이 쓰던 장검을 마구잡이로 꽂아둔 것 같은 위협적인 자태를 더욱 노골적으로 드러냈다. 이곳 해저 지형에 익숙한 강사들은 위험한 지물을 피해 항상 해안 왼편의 포인트브레이크를 강습 장소로 삼았으나 조류가 심한 날에는 잠깐만 한눈을 팔아도 검은 바위가 있는 쪽으로 떠내려가곤 했다. 그런 날이면 능숙한 서퍼들마저 라인업에서 제대로 쉬지 못하고 왼쪽으로 계속 패들링을 해야 했는데, 다행히 이날은 바다가 자비를 베풀어주고 있었다.

조류는 예보대로 약했고 규칙적으로 들어오는 파도 또한 정확히 같은 지점에서 어깨 높이로 깨졌다. 포인트브레이크에서 양옆으로 A자 프레임을 만드는 파도를 내다보며 태경이 스트레칭을 하는데, 그의 뒤로 승합차가 들어왔다.

차에서 내린 강습생들은 기가 막히게 들어오는 파도를 보면서 탄성을 질렀다. 한시라도 빨리 들어가려고 옷가지를 벗어던진 그들이 수영복 위에 서핑슈트를 입고는 선크림과 징크를 덕지덕지 발랐다. 강습생들과 마찬가지로 진흙 같은 징크를 얼굴부터 어깻죽지까지 펴 바른 태경이 사람들을 주목시키고는 바다 한쪽을 가리켰다.

"여기는 이안류 타고 들어가야 돼. 이제 다 알죠?"

캠프생들은 태경의 손끝이 향한 곳을 보며 "네!" 하고 합창했다. 한 방향으로 일렁거리는 윤슬 사이에서 태경이 가리킨 부분만 난반사됐다. 난반사 부분은 해안가에서부터 라인업까지 길쭉하게 이어졌다. 파도와 함께 해변으로 들어온 물이 다시 바다로 돌아나가면서 만드는 이안류였다. 이안류는 해변에서 휩쓸리면 먼바다로 떠밀리기 십상이라 해수욕장을 찾는 사람들에게는 경계의 대상이었지만 정확히 같은 이유로 서퍼들에게는 스키장의 리프트나 다름없었다.

"오늘 쭉쭉 밀어주는데?"

미드랭스보드에 엎드린 주성이 뒤를 돌아보며 뒤뚱뒤뚱 팔을 저었다. 주성 뒤에서 패들링을 하던 태경도 그를 따라 고개를 뒤로 돌렸다. 지호와 다영 그리고 다른 캠프생들이 이안류를 타고 꼬리에 꼬리를 문 채 그들을 뒤따랐다. 쉼 없이 패들링을 하는 사이 흑사장은 까마득히 멀어져 있었다.

"몸을 더 틀어야지! 왼쪽 보고!"

라인업에 도착한 태경은 인스트럭터가 밀어주는 보드 위로 강습생들이 일어서는 것을 지켜보면서 레슨을 시작했다. 출렁거리는 너울 몇개를 엉덩이 아래로 지나보내는 동안 태경은 파도를 가까이서 살폈다.

우기답지 않은 날씨처럼 바다의 질감도 건기처럼 매끈했다. 너울은 약 이십초 간격으로 들어와 부드러운 곡선을 그리며 파도로 깨졌다. 파도 사이의 간격이 길수록 파도가 머금은 운동에너지는 강해진다. 바람도 너울이 들어오는 방향과 반대로 이는 육풍이라 경사면이 제법 오래 유지됐다. 강습생 수가 적어진 만큼 강사들에게도 파도를 잡아탈 기회가 많이 주어졌다. 힘차게 들어오는 파도와 쾌적한 공기는 태경을 들뜨게 만들었다. 태경은 잘 시도해보지 않았던 기술을 연습해보기로 마음먹었다. 레슨을 진행하는 가운데 도전해볼 만한 파도를 고르기 위해 주기적으로 먼바다를 내다봤다. 그러다 적당한 너울 하나를 발견한 그가 포인트브레이크 쪽으로 패들링을 했다.

찹, 찹, 하고 물을 튀기며 피크가 형성되는 지점에 다다른 태경은 해안 쪽으로 보드를 돌렸다. 너울이 바짝 다가오길 기다리다 발끝이 들리는 느낌이 들기 무섭게 그가 두 팔을 차례로 물속에 집어넣었다. 수영선수들이 스트로크를 치듯이 두 팔로 물살을 가르는 태경의 왼편에서 피크가 하얗게 깨지기 시작했다. 활강하는 비행기에 탄 것처럼 몸이 앞으로 쑤욱 밀렸다. 보드 뒤쪽이 번쩍 들리면서 머리로 쏠린 피와 함께 아드레날린이 솟구쳤다.

온몸에 전율을 일으키는, 태경이 중독되어버린 바로 그 느낌이었다.

이 파도라면 가능할지도 모르겠다고 예감한 그가 피크 오른쪽으로 생성된 길을 쳐다보며 고개를 치켜들었다. 순식간에 보드 위에 올라선 태경은 파워존 안에 안착했다. 젖은 머리카락은 강풍에 펄럭이는 깃발처럼 귀 뒤에서 파르르 떨렸다. 속도감에 힘입어 왼쪽으로 몸을 젖힌 그가 물에 꽂힐 듯 경사면 아래 끝까지 내려갔다가 다시 하늘을 쳐다보며 허리를 휙 돌렸다. 눈부신 태양을 향해 어깨를 열어주자 보드가 빠른 속도로 파도의 면을 사선으로 가로질렀다.

보드가 하늘을 찌르며 우뚝 솟아올랐다. 허공에 멈춘 보드 앞머리가 정지화면처럼 태경 눈에 들어왔다. 허리를 반대로 틀어 경사면에 다시 착지하자 온몸에 소름이 돋았다. 울루와뚜에서 물을 흩뿌렸던 백인 서퍼와 같이 공중으로 팅겨 오르지는 못했지만 속도를 좀더 끌어올린다면 충분히 가능해 보였다. 완성에 거의 이르렀다는 예감에 태경은 가슴을 양옆으로 번갈아 열어가며 파워존 위아래를 지그재그로 움직였다. 그렇게 가속도를 끌어올리고 있는데 주행경로 앞에서 민트색 보드가 머리를 들이미는 게 보였다.

다영의 보드였다. 태경을 미처 보지 못한 예카의 지시에 따라 다영은 앞만 보면서 패들링을 했다. 뒤늦게 태경을 발견한 예카가 다영의 보드를 붙잡으려 했으나 태경은 해변을 향해 팔을 휘두르며 목청을 높였다.

"괜찮아! 들어와!"

태경이 외치고는 몸을 뒤로 젖혔다. 속도를 늦춘 태경

이 주행 방향 반대편으로 턴을 해 파도 아랫부분으로 내려갔다. 태경이 시간을 벌어준 사이 예카가 두 손으로 다영의 보드를 힘껏 밀었다. 테이크오프에 성공한 다영은 파도의 면을 따라 나아가다가 뒤를 돌아봤다.

"시선!"

파도 윗부분으로 되돌아온 태경이 다영의 등에 대고 소리쳤다. 앞으로 시선을 돌리는 다영의 얼굴에 웃음기가 언뜻 비쳤다. 그가 뒤를 돌아봤다는 자체가 규칙을 숙지하고 있다는 뜻이었다. 하나의 파도에 한명만 타야 한다는 서핑의 제1명제는 가끔씩 이런 식으로 자연스럽게 깨질 때가 있었다. 제 파도에 다른 사람을 초대하는 일. 타인을 믿고 아량을 보이는 일. 여럿이 하나의 파도에 탄다고 해서 '파티웨이브'라고 부르는 이 행위는 신뢰와 교감의 표시였다.

"풀아웃된다, 정신 차려!"

파워존의 가운데 부분을 벗어난 다영이 경사면 위로 슬금슬금 올라가자 태경이 호통을 쳤다. 다영이 제대로 알아듣고서 고개를 똑바로 들어 주행 방향의 소실점을 쳐다봤다. 태경은 안정된 자세로 바람을 가르며 앞으로 나아가는 다영의 뒷모습을 주시했다. 얼굴은 보이지 않았으나 그와 같은 방향으로 향하는 맨몸에서 두려움과 즐거움이, 희열과 공포가 뒤섞인 표정이 읽혔다. 파워존 중간을 타고 일직선으로 나아가는 다영 뒤에서 태경은 파도의 면을 타고 위아래로 왕복했다. 누군가 멀리서 두 사람의 라이딩을 본다면 현란하게 연주되고 있는 바이올린의 현과 활처럼 보일 법했다. 파도가 힘을 잃는 숄더 끝까지 완주한 다영이 그제야 뒤를 돌아보면서 외쳤다.

"완전 롱라이딩이었어!"

다영이 세상을 다 가진 얼굴로 두 팔을 번쩍 들어 올렸다. 파도가 끝나는 지점으로 향하면서 스타카토를 튕기듯 잘게 업 앤 다운을 반복하던 태경이 그를 향해 엄지를 치켜세웠다. 태경은 보드 위에 편안히 서서 느려지는 파도에 몸을 맡겼다. 다영이 큰 소리로 웃어대다 쭉 뻗은 몸 그대로 부채꼴을 그리며 물속으로 철썩, 빠져들었다. 태경은 볼에 튀긴 바닷물을 닦으며 입가에 환한 미소를 지었다.

아궁

AGUNG

위대한, 거대한, 당당한, 국가와 연관된 맥락에서는 지위를 높이는 수식어로
사용됨. 발리를 상징하는 활화산의 이름이기도 하다.

"이거 봐! 대애박!"

다영이 롱라이딩을 끝내는 장면에서 스페이스바를 눌렀다. 그가 정지화면 속 자신처럼 두 팔을 치켜들자 허공으로 올라간 캔에서 맥주가 튀었다.

억수같이 쏟아지던 밤비가 잠깐 그친 틈을 타 도마뱀이 바깥에서 따께, 따께, 하고 귀청이 떨어지도록 울었다. 태경이 풀장 쪽으로 걸어가 통유리창을 닫는데 처마에 매달렸던 박쥐가 푸드덕, 날갯짓을 했다.

비치클럽에 다녀왔을 때부터 취기가 올라 있던 다영은 사람들과 늦게까지 어울린 뒤에도 홀로 거실에 남았다.

여느 때처럼 물을 마시러 내려왔다가 다영을 발견한 태경은 아침 일찍 렘봉안에 가야 하지 않느냐고 물었다. 다영은 아랑곳하지 않았다. 공용냉장고에서 캔맥주를 한아름 꺼내온 다영은 태경을 옆에 앉혀두고 캔을 부딪쳤다.

"쌔앰, 나 진짜 잘 탔죠? 그죠?"

통유리창을 닫고서 식탁으로 돌아온 태경에게 다영이 대답을 재촉했다. 몇번이나 돌려본 영상이었음에도 처음 보는 것처럼 호들갑을 떠는 다영에게 태경은 많이 늘었다며, 솔직히 이 정도로 빨리 늘 줄은 몰랐다고 말했다. 반쯤 강요당한 대답이긴 했어도 거짓은 아니었다. 칭찬에 인색한 코치로부터 원하는 답을 얻어낸 다영은 신이 나서 콧노래를 흥얼댔다. 리듬을 타는 몸에 맞추어 다영의 의자가 삐걱거렸다.

작은 성취에도 무척이나 즐거워하는 다영을 보고 있으니 태경은 종민에게서 처음으로 칭찬을 들었던 때가 떠올랐다. 아직 강습생이었던 태경이 파도가 쇠하는 지점까지 주행하자 종민은 라인업으로 돌아온 그를 향해 "이제 쫌 탄다?"라며 물을 튀겼다. 돌이켜보면 두 발로 땅을 디딘 아이가 걸음마를 뗀 일에 불과했으나 태경은 지금껏 하루도 그날을 잊어본 적이 없었다.

어떤 서퍼든 마찬가지일 것이다. 난생처음 제 키를 넘기는 파도 위에 서서 파도의 면을 끝까지 찢어버린 순간은 평생 가슴속에 품게 될 장면이었다. 담대함이나 용기, 자유 혹은 쾌감. 태경은 그때의 심정을 뭐라 표현해야 할지 몰랐지만 지금 다영이 느끼고 있는 것이 무엇인지는 알 것 같았다. 상념에 젖은 태경이 옆을 보니 작은 진폭으로 까딱거리던 다영의 어깨가 허정허정 움직이고 있었다. 콧노래에서도 구체적인 단어가 튀어나오기 시작했고, 몸짓도 커져 개업행사 자리의 높다란 풍선처럼 허리를 획획 꺾어댔다. 오를 대로 오른 흥을 웃음기 띤 얼굴로 지켜보는데 삐걱거리던 다영의 의자가 기우뚱했다. 의자 다리 네개 중 세개가 허공으로 뜨면서 다영이 크게 휘청거리자 태경이 "워!" 하고 외마디를 냈다.

다영은 자신을 붙잡으려 하는 태경의 손을 내쳤다. 그러고는 의자 다리 하나로 균형을 잡고서 몸을 흔들거렸다. 오뚝이처럼 곡예를 부리다 텅, 소리가 나도록 의자를 착

지시킨 다영이 태경에게로 몸을 기울이며 배시시 웃었다.

"놀랐죠? 솔직히."

귀에 대고 속삭인 다영이 팔꿈치로 태경의 팔뚝을 쳤다.

"나 균형 완전 잘 잡는데…… 몰랐어요? 알잖아?"

다영이 그렇게 말하고는 허리를 뒤로 젖히며 깔깔댔다. 위험하다고 타이를 법도 했으나 웃음은 전염성이 강했다. 술기운이 오르기는 마찬가지인 태경이 작게 웃으며 검지를 제 입에 대고 다영에게 조용히 말했다.

"쉿. 딴 사람들 자."

태경의 말에 다영이 몰랐다는 듯이 눈을 동그랗게 떴다. 한 손으로 제 입을 막은 다영이 웃음을 멈추고서 허리를 꼿꼿이 세웠다. 멀쩡하다는 티를 내고 싶었는지 다영은 부릅뜬 눈으로 주위를 살폈다. 그러다 풀장에 시선을 고정했는데, 몸은 여전히 앞뒤로 흔들리고 있었다.

수영장 물이 거뭇하게 일렁였다. 도마뱀 울음소리도 더는 들리지 않았다. 작은 소란이 지나간 뒤라 침묵은 더욱 짙었다. 한참이나 밖을 내다보던 다영이 맥주를 한모금 마시고는 입을 뗐다.

"쌔앰. 내가 말했나? 나 어릴 때요······ 엄마 아빠한테 맨날 쓰레기라는 소리 들었다?"

다영이 입가로 흘러내리는 맥주를 손등으로 닦았다.

"진짜 맨날 그랬다니까. 이러려고 날 낳았나, 싶을 때도 많았는데······"

뭉그러진 발음으로 말을 이은 다영이 태경을 향해 슬며시 고개를 돌렸다.

"그래서 옴짝달싹하질 못했어. 너무너무 그만두고 싶었는데······ 그게 잘 안 되더라고."

주절주절 이어지는 말에 신경이 곤두선 태경이 다영의 말을 끊었다.

"너무 많이 마셨다."

태경이 자리에서 일어나며 다영을 일으키려 하자 다영은 그의 두 손을 가볍게 잡았다.

"쌔앰. 그때 말이에요······"

다영이 헤헤거리는 얼굴을 태경에게 들이밀었다.

"그때 우리 진, 짜 힘들었잖아요. 그죠?"

흐리멍덩하게 다가오는 눈에 태경이 등을 뒤로 뺐다.

시계의 제동장치가 풀린 듯했다. 너무 빠른 속도로 되돌아가고 있었다. 늘 같은 자리에 멈춰 서곤 했던 시계는 어째서인지 멈출 생각을 하지 않았다. 다영은 고개를 이리저리 돌리며 제 눈을 피하는 태경의 얼굴을 집요하게 좇았다. 자이로스코프를 연상케 했던 첫 강습 때처럼 다영은 태경의 눈을 따라가면서 "그죠오? 맞죠오?"라고 혀가 꼬부라진 소리로 거듭 물었다.

태경은 다영의 손을 뿌리쳤다. 떨리는 손으로 식탁 위에 널부러진 빈 캔을 챙기려드는데 다영이 다이빙플레이를 하는 골키퍼처럼 상체를 식탁에 쓰러뜨렸다.

"아니이, 쌤. 그르지 말구우. 내가 궁금해서 그래애."

누인 몸으로 태경과 빈 캔 사이를 막아선 다영이 몸을 꼬았다.

"여기서는 말이죠, 응? 여기서는 꼭 쌤이 딴사람 같잖아......"

다영이 태경의 머리 바로 밑에서 해맑은 얼굴로 물었다.

"진, 짜 완전 딴사람. 비결이 뭐예요? 에?"

다영이 태경 아래서 꿈틀댔다. 태경은 다영을 못 본 척하며 허리를 숙였다. 그와 닿지 않게끔 캔을 향해 팔을 뻗는 태경 밑으로 다영의 얼굴이 파고들었다.

"쌔앰, 뭐냐니까. 비결이 뭐냐고오? 응?"

빈 깡통을 집어 몸을 일으킨 태경이 눈을 내리깔았다. 자기가 무슨 말을 하는지도 모른 채 히죽히죽 웃어대는 다영의 흰자위는 충혈되어 있었다. 태경은 핏발이 붉게 선 다영의 눈을 보면서 아랫입술을 깨물었다.

익히 아는 눈이었다.

지겹도록 보아왔던 눈이었다.

술에 절어 지각을 하던 다영의 눈은 바로 이런 식으로 벌게져 있곤 했다. 다영도 처음부터 그랬던 것은 아니었다. 입사 초기만 해도 그가 알코올중독자가 될 거라는 생각은 하지 못했다. 매일같이 나혜석거리로 나가 부어라 마셔라 하던 그 시절에 다영은 그냥 '걔'로만 존재했다.

걔는 정말 왜 그러냐.
나는 걔가 도무지 이해가 안 가.
걔 그냥 관두면 안 돼?

164

개 때문에 우리까지 피 보잖아.

　시간이 지나면서 떼로 몰려다니던 직원들 사이에도 파가 갈리고 의가 상하면서 술자리가 시들해졌을 즈음, 뜬금없게도 다영만이 숙취가 가시지 않은 얼굴로 모습을 드러내기 시작했다.

왜 저래 미쳤나봐.
저 지경이 될 때까지 혼술을 한다고?

　직원들이 채팅방에서 흉을 보는 사이 스테이션 앞으로 다영을 불러낸 올라프의 목소리는 높아져만 갔다.

야, 민다영. 너 장난해? 하루 이틀도 아니고 뭐하는 짓이야? 어린이집 다니는 우리 막내도 세번 말하면 알아들어. 뭐? 똑바로 말해 이것아. 얘들아, 얘 뭐래는 거니? 뭐라고? 야! 내가 말대꾸하지 말라 했지. 묻는 건 내 일이고 너는 '예' '아니요'만 해. 이것도 못 알아들어? 너 간호사

면허는 고도리로 땄어? 네 모가지 위에 달린 이거 장식이
야? 어?

올라프가 쏘아대는 말의 수위가 갈수록 높아지면서 불
길 위에 떨어진 젖은 거즈처럼 미약한 증기를 내뿜고는
차츰차츰 사위어가던 그때처럼, 다영은 벌게진 눈으로 태
경을 올려다보고 있었다.

"선생님. 그만 들어가요."

태경이 낮은 목소리로 말했다. 다영은 말을 듣기는커녕
"아우! 진짜!"라고 진저리를 냈다. 주문을 외듯 "선생님,
선생님, 선생님, 선생님"이라 웅얼대며 식탁에 누였던 상
체를 벌떡 일으켰다.

"그 좆, 같은 선생님."

욕설을 뱉은 다영이 손을 뻗었다. 맥주를 벌컥 들이켠
그가 땅이 꺼져라 숨을 내쉬었다. 입술을 훔치더니 갑자
기 울상이 된 얼굴로 태경을 게슴츠레 쳐다봤다.

"쌔앰. 쌤이 나 선생님이라고 부를 때 있잖아요?"

울적한 표정과 달리 입술에는 미소가 흘렀다.

"나 그거 너어무 싫어. 나 그냥 민다라고 불러주면 안 되나? 에? 아님, 다영씨라고 해도 되잖아. 에?"

다영이 애원하듯 말하며 몸을 흔들었다. 들썩이던 다영의 몸이 한쪽으로 기울었다. 그가 균형을 찾지 못한 채 쓰러지려 하자 태경이 손에 쥐고 있던 빈 캔을 바닥에 떨어뜨렸다.

"들어가라니까."

태경이 다영을 붙잡으며 말했다. 다영은 제 어깨를 잡은 태경의 양 손목을 붙들었다. 고개를 모로 흔들면서 다영이 초점 없는 눈으로 태경을 응시했다.

"나요…… 그거 너무 싫어. 싫다고오. 나 그거 존나 싫다고. 선생님, 선생님, 선생님. 흐흐, 선생은 무슨, 빌어먹을 선생이야."

토막 난 말들을 뱉던 다영이 딸꾹질을 했다. 놓아버린 정신에도 딸꾹질이 민망했는지 다영은 실실거리며 태경의 두 손목을 흔들어댔다.

"쌔앰, 내가 진짜 안타까워서 그래애."

다영이 턱으로 태경의 왼쪽 손목을 가리켰다.

"여기까지 와서, 이게 뭔 개고생이야, 어?"

몸짓만큼 다영의 목소리도 점점 커졌다.

"이거 봐, 이거 봐…… 왜 이러고 살아요오? 에?"

또다시 울상이 된 다영이 안타깝다는 듯이 묻고는 태경을 올려다봤다.

"그래도 쌤…… 조미진이가 쌤한텐 잘해줬잖아? 에?"

얼마 만에 듣는지도 모를 이름이었다.

잊은 줄로만 알았던 그 이름을 몸은 똑똑히 기억하고 있었다. 태경은 제 손바닥이 차가워지는 것을 느꼈다. 이마에 식은땀이 맺혔다. 태경과 눈이 마주친 다영이 입꼬리를 씰룩였다. 그의 아몬드빛 얼굴에 어둑한 사위로 스며든 푸르스름한 빛이 파리하게 반사됐다.

태경은 도리질을 쳤다. 팔을 비틀어 완력으로 제 손목을 빼내려 했다. 하지만 다영도 호락호락하지 않았다. 살갗을 파고들 것처럼 꽉 움켜쥔 다영의 손이 허공을 허우적거리는 태경의 팔을 따라 허공을 맴돌았다.

"아니이, 쌔앰! 왜 이러는 거야?"

다영이 용을 쓰면서 물었다.

"난 그냥 궁금하다고오. 쌤한테는 괜찮은 직장이었잖아? 아이씨, 왜 이래 진짜…… 아니었어요? 어? 아니었냐고? 내가 묻잖아…… 에? 그냥 묻는 것도 못해? 그것도 못하냐고? 그럼 내가 할 수 있는 게 뭔데, 내가 할 수 있는 게 뭐냐고……"

힘에 부친 듯 낑낑대던 다영이 돌연 손을 놓으며 목에 핏대를 세웠다.

"에!"

다영이 목청을 드높였다.

순간 냉장고 돌아가는 소리가 끊겼다. 풀장 모터 소리도 끊기면서 풀장을 어슴푸레 밝히던 전구도 나갔다. 다영의 노트북 화면에서 나오던 불빛도 잦아들었다. 별안간 구속에서 풀린 태경이 뒤로 주춤거렸다. 바닥에 떨어뜨린 캔에서 흘러나온 맥주가 찐득하게 밟혔다.

태경은 헝클어진 머리카락을 뒤로 쓸어 넘겼다. 손목이 아려왔다. 후유증 탓인지 실랑이 탓인지 모를 통증이었다. 눈은 곧 어둠에 적응했다. 다영의 윤곽이 어스름하게 보였다. 의자 등받이에 기대어 몸을 축 늘어뜨린 그가 알아뜬지 못할 말을 웅얼대며 피식피식 코웃음을 쳤다.

그래, 이런 인간이었지.

태경은 생각했다. 인사불성이 되어 이 난리를 친 다영을 보자 억눌러왔던 불쾌감이, 바닥에 가라앉아 있었던 화가 한꺼번에 밀려왔다.

이게 민다영이었다. 태경이 아는 다영은 이래야 했다. 그때도 마찬가지였다. 좋은 말로 어르고 달래기도 해보았지만 다영은 완고하게 버티기만 했다. 제 몫을 해내지도 못하는 주제에 버티기만 하는 그를 태경은 이해할 수 없었다. 그만두더라도 다른 병원으로 쉽게 옮길 수 있을 텐데 왜 버티는지 이해하지 못했다. 굳이 여기서 이런 꼴을 당하고 있지 않아도 될 텐데 왜 저러는지 이해가 가지 않았다. 아니, 고작 이따위 일이 뭐가 힘들다고 직장 분위기를 이렇게 망치는지, 왜 바득바득 버텨서 다른 사람들의 업무를 가중시키는지 알 수 없는 노릇이었다. 차라리 한시라도 빨리 사라져주길 바랐다. 저런 저성과자가 어떻게 되든 알 바 아니라고, 쟤나 올라프나 다를 게 없다고, 끝까지 진상질만 하다가 진상으로 나간다고, 똑같은 인간끼리 상극이 된다며 수군대는 말들의 행렬을 태경도 부정하지 않았다.

사실, 지나고 보면 모두 똑같았는데.

우리도, 다영도, 심지어 조미진도 다 똑같았는데.

물 마실 시간조차 없다고 출근하자마자 머그컵에 부은 맹물부터 마시던 우리. 화장실도 제대로 갈 수 없어 방광염을 달고 살던 우리. 점심시간이면 교대로 구내식당에 가서 코로 먹는지 입으로 먹는지 모르게 허기를 달래던 우리. 그러고도 늘 배가 고파 갹출한 과비로 군것질거리를 사오면 게 눈 감추듯 먹어치우던 우리. 가짜 공복감이라는 걸 알면서도, 채워질 수 없다는 것을 알면서도 끊임없이 밀려오는 허기에 허덕이던 우리.

조미진이라고 다르지 않았다.

다이어트를 입에 달고 살면서도 눈앞에 먹을 게 보이면 올라프는 누가 뺏어갈 새라 바삐 손을 움직였다. 직원들이 사온 과자를 우걱우걱 입안으로 집어넣은 그는 정신을 놓고 오물거리다 못할 짓을 하기라도 한듯 얼굴을 붉혔다. 언뜻 비친 수치심을 재빨리 감춘 그가 보란 듯이 어깨를 펴며 폰을 꺼냈다.

애들아. 이리 와봐라.

직원들은 알았다. 올라프가 무엇을 하려는지, 무엇을 보여주려는지 알고 있었음에도 처음 있는 일인 양 또랑또랑한 눈으로 그의 주위에 모여들었다.

내가 지금은 이래 봬도 내 안에 애 있다?

액정 위에 띄운 옛날 사진들을 하나하나 넘겨가며 올라프가 말했다. 간호대생이었던 십수년 전의 사진들이 폰화면 위로 흘러가면 직원들은 어쩜 이렇게 아름다우시냐고, 지금도 똑같다는 식의 말을 변주해가며 돌림노래를 했다. 태경도 똑같이 화음을 넣었는데 그 말에는 진심도 담겨 있었다. 사진 속의 올라프는 누가 보아도 스스로를 자랑스럽게 여길 만한 모습이었기 때문이었다. 과거에 의탁해 자존감을 충전하고 나면 올라프는 볼멘소리를 냈다. 중환자실에서 보낸 신규 때만 15킬로그램 넘게 쪘다고, 석달 넘게 하혈을 했다고, 나이트에서 데이로 넘어가는 날에는 한숨도 못 자고 뜬눈으로 지새웠다며. 험난했던 한 시절을 회고한 올라프는 그놈의 갑상선이 문제라면서 이 모든 변화의 원인을 병으로 몰아갔지만 그 말을 듣는 누구도 그가 먹는 약이 갑상선 약이라는 것을 믿지 않았다. 올라프가 매일 먹는다는 그 약이 정신과에서 받아온 약이라는 소문은 파다했다. 높은 퇴사율만큼이나 높은 수익률을 자랑하는 이 병원에서, 사람을 연료로 태워가며 돌아가는 이 해괴한 곳에서 십수년을 버틴 배후가 그 약이라는 것은 직원들 사이에서 이미 기정사실이었다.

"어우, 찐다, 쩌. 이러다 수육 되겠어."

굵은 목소리가 층계참에서 들려왔다. 쿵쿵거리는 발소리에 정신을 차린 태경이 바닥에 떨어진 캔을 주섬주섬

주웠다.

"너네 뭐 하냐? 왜 이렇게 시끄러워?"

주성이 계단을 내려오며 물었다. 그렇게 묻긴 했지만 딱히 궁금해하는 투는 아니었다. 정전 탓에 사납게 몰려온 무더위를 몰아내는 것이 급선무였던 그는 거실을 지나쳐 현관으로 갔다.

"뭔 놈의 두꺼비집이 하루도 안 거르고 말썽이야."

주성이 투덜대면서 차단기를 올렸다. 풀장 모터가 덜컹, 소리를 내며 돌아갔다. 공용냉장고도 윙, 하고 다시 돌아갔다. 바깥 조명이 들어왔고 다영의 노트북 화면도 빛을 발했다. 바뀐 조도와 번잡한 소리에 다영이 눈을 설핏 뜨더니 몽롱한 표정으로 주위를 두리번거렸다.

"저거, 저거 맛탱이 갔네."

거실로 돌아온 주성이 다영을 손가락질했다. 다영은 소리가 나는 쪽으로 고개를 돌렸다. 풀린 눈으로 주성을 보다가 "어? 오빠다, 주성 오라버니이" 하며 그를 불렀다. 혀 짧은 목소리를 내며 손까지 흔드는 취객의 모습에 주성은 질색을 했다.

"야, 쟤네 팬들은 쟤가 저러는 줄 아냐?"

빈 캔을 버리러 현관 옆에 있는 재활용품 분리함에 다가간 태경에게 주성이 어이없다는 듯이 물었다. 태경은 대꾸를 하지 않은 채 쓰레기를 집어넣었다. 혀를 끌끌 찬 주성이 반바지 주머니에서 담뱃갑을 꺼내 풀장 쪽으로 갔다. 담배 한개비를 입에 문 그가 풀장으로 나가려다 말고 걸음을 멈추고는 뒤를 돌아봤다.

"얌마! 너 방금 뭐 버렸어?"

쿵쾅거리며 태경이 있는 쪽으로 달려온 그가 재활용품 분리함에 팔을 집어넣었다.

"이거 내가 사온 거잖아! 기야, 아니야!"

주성이 빈 캔을 하나 꺼내 들고서 태경 앞에다 대고 흔들었다. 터무니없는 말에 그를 보며 눈을 끔뻑이던 태경이 고개를 천천히 옆으로 돌렸다. 주성도 태경을 따라 식탁 쪽을 쳐다봤다. 다영이 제대로 가누지도 못하는 몸을 휘청대면서 저 혼자 낄낄대고 있었다.

"저거 진짜 또라이냐?"

주성이 제 이마를 치면서 말했다. 황당하기는 태경도 마찬가지였다. 애초부터 다영이 워낙 당당하게 꺼낸 탓에 남의 맥주일 거라고는 생각지도 못했기 때문이었다.

"뭐야? 왜 그래?"

여자 도미토리의 문이 열리면서 강습생 두어명이 고개를 내밀었다. 얼굴을 비비는 그들을 향해 다영이 목소리를 드높였다. "아이구, 우리 동생들, 이리 와, 이리 와!" 남자 도미토리의 방문도 열렸고 사람들이 하나둘 잠에서 덜 깬 모습으로 나오기 시작했다. 누군가 형광등을 밝히자 거실은 금세 소란스러워졌다. 밝은 빛에 훤히 드러난 다영의 얼굴과 팔뚝은 술이 올라 울긋불긋했다.

"마셔! 마셔! 먹고 죽자!"

다영이 식탁을 치면서 신나게 소리쳤다. 한껏 취기가 오른 다영의 모습에 모두 어리둥절해하는데 냉장고 문을 열어젖힌 주성이 다영을 째려봤다.

"뭐야 지 혼자 이만큼 마셨어? 먼저 먹는 놈이 임자야? 미친 완전 정글이네?"

혼자 씩씩대던 주성이 뭔가 결심한 듯 냉장고에서 캔맥주 묶음을 있는 대로 꺼냈다. 텅, 텅 소리를 내면서 맥주들을 식탁에 올린 그가 묶음 포장을 북북 뜯었다.

"그래, 마시자. 마셔, 다 처마셔. 까짓것 내일은 배 위에서 토하면 되지. 미끼 값 아끼고 좋네, 다 이리 와!"

누군가는 작작 마시라며 면박을 주고는 그대로 들어갔지만 적잖은 사람들이 식탁에 앉으면서 거실은 삽시간에 부산스러워졌다. 태경은 왁자해진 틈을 타 계단 쪽으로 조용히 걸음을 옮겼다. 발소리를 죽이며 한층을 올라온 그의 걸음걸이가 빨라졌다.

맞아. 맞는 말이야. 나한테는 괜찮은 직장이었지.

단숨에 3층까지 올라온 태경이 숨을 골랐다.

그래서 어쩌라고. 나더러 뭘 어쩌라고. 내가 뭘 어째야 했는데.

태경이 차가워진 손을 맞잡고서 비비적거렸다.

만취해서 내뱉은 말이긴 했어도 태경은 인정하지 않을

수 없었다. 다영의 말은 틀림없는 사실이었다. 잘해주는 것까지는 아니더라도 조미진은 태경에게만큼은 다른 간호사들에게 하는 것처럼 못되게 굴지는 않았다.

다만, 다영이 몰랐던 사실은 그것이 전부 태경이 조미진에게서 사과를 받아낸 뒤의 일이라는 점이었다. 올라프가 다영을 혼내느라 태경을 두고 '대학 근처도 안 가본 재도 똑 부러지게' 한다는 말을 하고서 한참이 지났을 때였다. 태경은 나름의 용기를 내어 사과를 요구했다. 왜 그랬냐고, 사람한테 그런 식으로 말하는 거 아니라고 말하자 조미진은 당황한 얼굴로 자기가 그랬냐며, 정말 몰랐다고 허무하리만치 흔쾌하게 사과를 했다.

"내가 고것 때문에 너무 흥분했었나보다. 김쌤아, 정말 미안해, 응? 나 이해하지?"

비록 그 흔쾌함이 자신을 동류의 인간으로 취급하지 않는다는 징표였을지 모르나 이후로 그가 태경을 함부로 대하지 못한 것은 사실이었다. 오해가 풀리고 환대의 문이 비좁게 열리면서 태경 또한 그가 구축한 세계 안으로 발을 내디뎠다. 아침에 출근하면 태경은 꼭 올라프의 눈을 마주치며 인사를 했다. 수간호사가 순시를 오면 태경은 누구보다 먼저 일어나 90도로 인사를 했다. 그가 만들어놓은 질서에 빠르게 편입되어가면서 주저하던 마음도 같은 속도로 희미해졌다. 그리고 그 과실은 분명 달았다.

태경은 그래서 더욱 화가 치밀었다.

왜냐면 우리는 모두 어렴풋이 알고 있었으니까. 그게 네가 아닌, 나일 수도 있음을 느끼고 있었으니까. 너라서 다행이라는 안도는 찰나처럼 짧았으나 네가 조금씩 죽어가는 모습을 외면하며 다음은 나일지도 모른다는 지워지지 않을 불안을 잠시라도 잊을 수 있었으니까.

태경이 제 방문을 열었다. 다영이 숨을 헐떡였던 수년 전 그날처럼, 바닥에 쓰러져 몸을 부들부들 떨어대던 그의 벌건 눈이 목덜미에 붙어 방으로 따라 들어오는 것만 같았다.

아빠끄라마

APAHKRAMA

축자적으로는 '잘못된 행위'. 왕국에 오염을 초래하고 그에 따라
자연재해를 불러오는 심각한 불법행위를 뜻한다.

4시간 전

고속 보트가 렘봉안 해변에 도착한다. 백사장에 가까워
질수록 코발트블루에서 진주색으로 바뀌어가는 물빛에 사
람들이 감탄을 터뜨린다. 배에서 내린 다영이 무릎까지 잠
긴 다리를 카메라에 담는다. 투명한 물 아래로 불가사리와
조개껍질과 플립플랍을 신은 다영의 발가락이 비친다.

톡.

태경이 엄지로 폰 화면을 쳤다.

3시간 전

맞은편에 절벽이 있다. 렌즈와 절벽 사이의 좁은 해협 위를 종횡무진하는 새 한마리. 깎아지른 절벽 아래 맹그로브숲이 울창하다. 파노라마 사진을 찍듯 옆으로 돌아가며 절벽을 비추던 화면이 레스토랑의 창틀 안쪽을 보여준다. 안으로 들어온 렌즈는 하얀 식탁보가 깔린 테이블과 그 위에 놓인 그릇과 잔들을 찍는다.

톡.

1시간 전

거대한 가오리가 솟구쳐 오른다. 뱃전에서 환호성이 터져나온다. 시커먼 망토 같은 몸을 공중에서 펄럭인 가오리가 수면으로 떨어지면서 물을 튀긴다. 영상 위로 'WOW!'라는 글씨가 커졌다 작아진다.

톡.

52분 전

스노클을 쓴 사람들이 갑판에 일렬로 선다. 카메라 뒤에서 다영이 "시작!" 하고 외치자 앞줄에 서 있던 사람부터 바다로 뛰어든다. 사지를 대(大)자로 뻗는 사람, 허리를 뒤로 젖혀 점프를 하는 사람, 공중제비를 도는 사람, 양손으로 브이자를 그리는 사람. 첨벙거리는 소리와 웃음소리가 섞여 사방으로 퍼져나간다.

톡.

11분 전

나란히 모은 다영의 무릎 뒤로 백사장과 쪽빛 바다가 펼쳐진다. 백사장 곳곳에 보이는 사람들이 수건을 깔고 엎드려 태닝을 한다. 다영이 렌즈를 서서히 위로 올린다. 렘봉안의 하늘에 양떼 같은 구름이 몽실몽실 흐른다. 하늘 위로 '코로나 청정지역 발리로 오세요!'라는 메시지가 덧입혀진다.

톡.

인스타그램 스토리를 모두 확인하자 다영의 프로필 화면이 다시 떴다.

사용자명은 민다. 팔로워는 6만.

#Yoga #Meditation #Surfing 같은 해시태그 아래로 전날 게시된 영상이 소리 없이 움직였다. 끄둥우에서 태경이 다영과 함께 탔던 롱라이딩 영상이었다. 오전 내내 인견 이불 속에 파묻혔던 태경은 따끔거리는 눈을 비볐다. 검지로 영상을 터치하니 거센 바람 소리와 파도 깨지는 소리가 들려왔다. 앞서 주행하는 다영 뒤에서 지그재그로 파도의 면을 왕복하는 태경의 모습 아래에는 수십개의 댓글이 달려 있었다. 태경은 다영의 계정이 제 것인 양 댓글을 하나하나 읽어나갔다.

태경은 이미 그곳에서 유명인사였다. 티셔츠를 들어 올려 옆구리의 흉터를 보여주던 태경의 영상이 올라간 뒤부터 그는 다영의 팬들 사이에서 '타이거 코치'로 불리고 있었다. 그가 등장하는 사진이나 영상 아래 따라붙는 찬사가 당혹스럽기야 했지만 마냥 싫은 것만은 아니었다. 아니, 싫기는커녕 좋았다. 지겹도록 오래 드러누워 있는 오늘 같은 날이라면 더욱 그랬다. 타이거 코치에 대한 열광은 태경을 고양시키는 면이 있었다. 이런 감정이 가짜라는 걸 알면서도 무척이나 필요할 때가 있었다.

안타까워서 그런다.
이게 무슨 개고생이냐.
왜 이러고 사느냐.

이불 속에서 폰만 만지작거리고 있다가도 태경은 다영이 했던 말이 문득문득 생각나곤 했다. 주정을 부리며 아픈 손목을 놓아주지 않던 그의 얼굴이 떠오르면 애써 끌어올린 기분이 금세 나락으로 떨어졌다. 걱정이란 가면을 쓴 멸시는 태경이 이곳에서 이룬 것들을 태연히 짓밟고 있었다. 여기서 살기 위해 어떤 대가를 치렀는지, 이곳에 오기까지 어떤 삶을 살았는지 알지도 못하면서 함부로 말할 자격은 누구에게도 없었다.

손목만 해도 그랬다. 태경에게 통증은 꺼지지 않는 불씨였다. 심할 때면 손목이 아픈 것을 넘어 머릿속이 뿌예졌다. 아주 작은 일부에 전신이 지배당하는 느낌이었다. 이대로 계속될지 모른다는 두려움이 밀려들었다. 아프지 않았던 때로 돌아갈 수 있을까 하는 불안이 엄습했다. 한번 시작되면 속수무책으로 지배당해야 했다. 지배당하지 않으려면 노력을 해야 했다. 재활을 게을리하지 않아야 했다. 훈련을 게을리하지 않아야 했다. 불안에 좀먹지 않는 법을 익혀야 했다. 그러면서도 각양각색인 캠프생들을 일일이 챙겨야 했다. 민스서프 스타일로 기강을 잡는다고 해도 강습생들은 엄연히 고객이었다. 말을 트고 격의 없이 지낸다고 한들 감정노동에서 자유롭지 못했다.

무엇 하나 보장되어 있지 않았다. 누구 하나 지켜주지 않았다.

태경은 그 안에서 살길을 찾아야 했다. 뜀박질을 멈추면 가라앉는 늪에 들어선 것처럼 쉼 없이 뛰었다. 여기에서라면 다르리라는 기대가 착각이었음을 알기까지 긴 시간이 필요치 않았다. 그러니까 누구라도 그런 식으로 말해서는 안 됐다. 누구도 자신에게 그런 식으로 말할 수 없었다.

하물며 그게 민다영이라면……

태경은 생각했다. 하긴, 자기가 그렇게 말했지. 6만 팔로워로는 돈이 되지 않는다고. 물건이라도 팔아야 생활이 가능하다고. 애매한 숫자로도 자유로운 생활이 가능한 까닭이 무엇이겠나. 제 인생을 바꿨다던 그 짧은 영상만 해도 그랬다. 요가를 하는 거실 뒤로 비치는 도심. 그것이 의미하는 바는 명확했다. 부모에게 학대라도 당한 듯이 말했지만 어쨌거나 그들은 다영의 뒷배였다. 그들이 아니더라도 다영에게는 다시 일어설 수 있는 땅이 있었다. 천천히 걸어도, 잠깐 멈추더라도, 혹은 넘어지더라도 무너지지 않을 땅들이 무수히 있었다.

다영은 그런 것들에 대해서는 말한 적이 없었다. 그가 비워둔 영역에는 태경이 본능적으로 감지했으나 보지 않으려 했던 격차들이 숨어 있었다.

태경이 검지로 물수제비뜨듯 화면을 쳤다.

심란해진 마음을 달래고자 강박적으로 폰을 두드렸다.

더이상 가라앉고 싶지는 않았다. 제게 없는 것을 두고 아쉬워하기만 하는 인간이고 싶지 않았다. 패배의식에 사로잡히고 싶지 않았다. 태경은 댓글을 계속 내렸다. 타이거 코치에 대한 언급을 하나라도 더 찾으려 하는 모습이 초라하게 느껴질지라도, 지금 그가 할 수 있는 것은 많지 않았다.

건조한 눈으로 댓글을 확인하는데 댓글을 내리면 내릴수록 전에는 보이지 않던 말들이 다영의 게시물 아래 달려 있는 게 보였다.

당신도 공인이에요!

너무한 거 아님?

지금 같은 시국에 무슨 해외여행입니까?

얘들아 이 사람 자랑 못 하면 죽는 병 걸렸나봐!

에휴, 게시물이라도 올리는 거라도 좀……

댓글들은 불과 한두시간 전부터 달리기 시작했다. 어디서 좌표라도 찍은 것처럼 비슷한 투로 다영을 비난하는

글이 롱라이딩 영상 아래 달리고 있었다. 태경은 일침을 가하는 척하는 말들이 같잖긴 했으나 내심 공감이 가기도 했다. 그가 렘봉안에서 올린 인스타 스토리를 보고서 위화감을 느끼기는 태경도 마찬가지였다.

한국의 상황은 하루가 다르게 심각해지고 있었다. 해외에 나와 있다는 것이 지금처럼 다행스럽게 느껴진 적이 없을 정도였다. 물론 다영이 주기적으로 민스서프를 본인 계정에 노출시켜야 한다는 것을 모르진 않았다. 그래도 세상에 아무 일이 일어나지 않았다는 듯이 굴 필요는 없지 않나, 저렇게까지 쉼 없이 전시할 필요는 없지 않나, 그래, 심하긴 좀 심했지,라고 생각하는데 손에서 폰이 드르륵, 하고 울렸다.

—누나 밥 먹자. 아얌바까르 사 왔어.

폰 화면 상단에 지호가 보낸 메시지가 떴다. 태경은 의아하다는 표정으로 메시지를 봤다. 지금쯤 지호는 사람들과 같이 렘봉안에 있어야 했다.

—너 안 갔어?

　메시지를 보내고 나니 태경은 방금 봤던 인스타 스토리
에 지호가 나오지 않았다는 사실이 떠올랐다. 얼마 있지
않아 지호가 말끝마다 ㅋㅋㅋ를 붙여가며 메시지를 연달
아 보냈다. 아침에 집 앞에서 픽업 차량을 기다리다가 사
누르에서 돌아온 종민과 딱 마주쳤다는 것이었다. 종민
이 택시에서 내리자마자 항구로 가는 픽업 차량이 도착했
는데, 지호는 자기를 노려보는 종민을 보고는 알아서 렘
봉안행을 포기했다. 그러나 빠른 포기가 사장님의 잡도리
까지 막아주지는 못했다. 손님들을 태운 승합차가 골목을
빠져나가는 것을 확인한 종민이 지호를 길바닥에 세워두
고서 너 이 새끼 제정신이냐고, 때가 어느 땐데 싸돌아다
닐 궁리나 하느냐며 혼쭐을 냈다는 것이었다.

　—하도 털려서 정신 놓을 뻔 ㅋㅋㅋ 어쨌든 누나도 내
려오면 몸 사려. 형이 뭐라 해도 대꾸하지 말고.

―내가 왜 몸을 사려? 잘못한 게 없는데.

―하여간. 분위기도 영 아니잖아. 얼른 내려와. 밥 식겠다.

―ㅇㅇ

태경이 누운 채로 기지개를 켰다. 찌뿌둥한 몸을 일으킨 그가 이불 아래로 손을 집어넣어 리모컨을 찾았다. 에어컨을 끄고 침대에서 일어나 창가로 갔다. 창문을 열자 남국의 열기가 습한 바람을 타고 들어와 뺨에 닿았다. 누군가의 축축한 손이 얼굴에 닿는 느낌이었다.

방을 나서니 복도 또한 찜통이었다. 복도를 지나 계단을 내려가는데 찌걱거리는 나무발판 소리 말고는 아무 소리도 나지 않았다. 우기든 건기든 가리지 않고 사람들로 바글대던 이곳이 이렇게 고요할 수 있다는 것이 태경은 퍽 낯설었다.

2층과 1층 사이의 층계참을 돌자 식탁맡에 앉은 두 남자의 정수리가 보였다. 종민과 지호는 대각선으로 떨어져 있었다. 거실 깊숙이 들어온 볕이 그들 아래로 길쭉한 그림자를 드리웠다. 태경은 바나나잎으로 포장된 음식을 뜯고 있는 지호 옆으로 갔다. 아얌바까르는 매콤한 삼발소스를 발라 구운 닭고기에 안남미를 곁들인 음식이었다. 한국에서 먹던 숯불닭갈비와 비슷한 맛이라 종민이 특히 좋아하는 메뉴였는데, 그는 음식에 눈길 한번 주지 않고서 앞에 펼쳐둔 노트북과 그 옆에 놓아둔 폰을 번갈아 보기 바빴다.

"오랜만이야?"

태경이 종민 맞은편에 앉으며 인사를 건넸다. 말없이 고개만 까닥거린 종민은 일에 열중했다. 포장을 풀어 음식을 배분한 지호가 종민 앞에 접시를 내밀었다.

"형, 먹고 해요."

지호의 말에도 종민은 말없이 마우스만 연신 움직였다. 뭐가 잘 풀리지 않는지 종민이 머리카락을 헝클어뜨렸다. 알아듣지 못할 말을 웅얼거리다 욕설까지 뇌까린 그가 한참 뒤에야 노트북을 접고는 심각한 목소리로 말하며 그릇을 끌어당겼다.

"내일부터 발리 들어오려면 진료기록지도 떼 와야 된

단다. 예약자들한테 안내해."

"네, 형."

지호가 작게 대답했고 태경은 고개를 끄덕였다. 종민은 숟가락을 접시에 내려찍어가며 닭고기를 신경질적으로 짓이겼다. 그는 어두운 표정으로 음식물을 우물거리면서 옆에 내려둔 폰에서 눈을 떼지 못했다. 태경과 지호도 숟가락을 들었는데, 각자 그릇에 코를 박고 말없이 먹기만 하는 식탁에는 전혀 친하지 않은 친척끼리 마주 앉은 명절 밥상처럼 어색함이 감돌았다. 눈치를 살피며 깨작거리던 지호가 딴에는 분위기를 풀어보고 싶었던 모양인지 손가락을 코에 넣는 시늉을 하며 아는 척을 했다.

"그거 검사받는 거 장난 아니라던데. 창섭이 형 괜히 홍콩에서 스톱오버해가지고 격리됐었잖아요. 인천 도착하자마자 코 찔렸다고 인스타에서 찡찡대더라고요. 어우, 난 죽어도 못함."

지호가 과장된 몸짓을 섞어가며 너스레를 떨고는 비실비실 웃음을 흘리자 종민이 숟가락을 입에 넣으려다 말고 그를 빤히 쳐다봤다.

"야, 이 새끼야. 넌 웃음이 나와? 아침에 그렇게 털리고
도 정신 못 차리지?"

아니꼬워하는 종민의 한 소리에 지호가 턱을 안으로 밀
어 넣었다. 손바닥으로 얼굴을 비빈 종민이 답답하다는
듯이 푸, 하고 입술을 털었다. 부르르 떨리는 그의 입술처
럼 폰이 식탁 위에서 진동을 했다.

"돌겠네……"

메시지를 확인한 종민이 웅얼거렸다.

"또 취소다."

종민이 머리를 감싼 채 고개를 숙였다.

누구 하나 섣불리 입을 떼지 못할 분위기가 연출되자 태
경과 지호는 서로를 힐긋거렸다. 밥을 먹기에 애매해진 식
탁 위로 고소한 양념 닭갈비 냄새와 안남미 향이 진동했
다. 태경은 종민의 정수리를 쳐다보다 조심스레 말했다.

"오래가겠어? 쫌만 버티자. 응?"

"그래요, 형. 잠깐이겠지. 힘내요."

지호가 덩달아 위로를 건넸다. 그 말에 종민이 머리를
감쌌던 손을 풀었다. 고개를 슬그머니 든 그가 희번덕거

리는 눈으로 둘을 번갈아 봤다.

"뭐? 버텨? 힘내?"

빈정대는 종민의 눈이 이글거렸다.

"이것들아. 너네 지금 상황 파악 안 되지? 내가 사누르에 얼마나 투자했는지 알아? 현금 안 돌면 우리 여기서 야반도주해야 되는 거야. 당장 다음 달 전기세도 못 낸다고! 인마, 성지호. 사장은 한푼이라도 더 꿔보려고 온 동네 싸돌아다니면서 굽실거리는데 넌 처놀 궁리나 하고 자빠졌어? 새끼가 빠져가지고……"

종민이 한심해하며 고개를 저었다. 날카로운 반응에 무안해진 태경은 하릴없이 수저를 놀렸다. 종민은 그런 태경을 보며 숟가락으로 거칠게 접시를 내려찍었다.

"그리고 김태경이. 넌, 나 없는 동안에 강습을 뭐 어떻게 한 거야?"

난데없는 지적에 태경이 그를 벙한 얼굴로 마주 봤다.

"내 귀에 컴플레인이나 들어오게 하고 말이야. 그래놓고 버텨? 캠프 이름에 먹칠하면서 버티라고? 버티면 손님들 돌아와?"

"뭔 소리야?"

"컴플레인도 한두번이어야지. 마, 내가 참다 참다 말하는 거야. 너 그딴 식으로 하면 내가 뭘 믿고 너한테 여길 맡기냐?"

"그게 무슨 소리냐니까?"

태경이 식탁 가까이에 몸을 붙이며 되물었다.

"뭐긴 뭐야. 네가 맨날 빡세게 굴고, 사람들 기분 잡치게 한다고 말이 들리잖아. 네 멋대로 해도 여기 매니저 될 거라고 생각하니까 아주 마음 편하지? 착각 마라. 매니저 자리, 아직 네 거 아냐. 인생이 씨발 그렇게 쉽게 쉽게 돌아가디? 그딴 소리 자꾸 들리면 나도 이 자식 고려할 수밖에 없어."

"형. 말을 왜 또 그렇게 해요……"

지호가 자신을 가리키는 손짓에 곤란해하며 우물거리는데 태경이 추궁하는 투로 종민에게 물었다.

"누가 그랬는데?"

"얻다 대고 눈을 그딴 식으로 떠?"

"누가 그랬냐니까?"

태경이 재차 묻자 지호가 안절부절못해하며 태경의 팔꿈치를 잡았다. 팔꿈치를 뒤로 끌면서 그만하라는 신호를 보냈지만 태경은 팔을 휘적거리며 지호의 손을 튕겨냈다.

"고은이 걔야?"

"누구?"

종민은 처음 듣는 이름인 것처럼 눈썹을 치켜들었다.

"누나, 걔 한국 간 지가 언젠데 걔를 물고 늘어져."

지호의 말에 태경이 지호에게로 고개를 갸울였다.

"걔 아니라고? 네가 그걸 어떻게 알아?"

"아, 진짜⋯⋯"

지호가 태경의 눈을 피하며 구시렁거렸다.

"시끄럽다. 누군지 뭐가 중요해? 그냥 좀 웃어주고 친절하게 굴면 어디 덧나냐? 그게 어려운 일이야?"

종민이 귀찮다는 식으로 말하고는 잘게 찢은 닭갈비를 밥에다 비볐다. 음식물을 집어넣고 우걱우걱 씹던 종민이 미동을 않는 태경에게 뭘 보냐는 듯이 턱짓을 했다.

"먹어."

"중요해."

"이 자식이……"

종민이 숟가락을 내팽개쳤다.

"중요하다고."

거듭 말한 태경의 목소리가 고조됐다.

"중요해, 존나 중요해! 서평거지로 살지 말라고 한 게 누군데? 그런데 이제 와서 뭐? 인생 쉽게 풀릴 줄 알았냐고? 그럼 매니저 운운이나 말던가. 나가떨어져서 손가락이나 빨라는 거야, 뭐야? 나도 누가 그딴 말 했는지 알아야 변명이라도 해볼 거 아냐? 내가 진짜 잘못했는지 꼰지른 새끼가 진상인지 따져봐야 할 거 아니냐고!"

"야!"

종민이 언성을 높였지만 태경은 기세에 눌리기는커녕 "뭐!"라고 소리치면서 식탁을 내리쳤다.

"내가 이 일 누구한테 배웠는데? 근데 뭐? 빡세? 기분 나쁘게 굴어? 웃어주라고? 친절하게 굴라고 했어? 지금 누가 누구한테 뭐라는 거야? 민스서프 스타일이 뭔데? 이종민이가 지금까지 한 게 뭐였는데? 이거 아니야? 이거 잖아!"

태경이 허공에 대고 손가락질을 했다. 네가 일군 것을 보라고, 네가 네 뜻대로 일구고 지킨 게 바로 여기 아니냐는 식으로 팔을 휘휘 저으며 목소리를 더욱 높여갔다.

"내가 틀린 말 했어? 오빠 나 모르냐? 내가 언제 이 일 장난으로 한 적 있어? 나만큼 진지하게 하는 사람 본 적 있냐고, 어? 그러니까 중요해. 중요해. 존나 중요하다고! 나도 살아야 될 거 아니야? 어? 살아야 될 거 아니냐고!"

"어휴…… 누나 좀 진정해!"

지호가 말리려 들자 태경이 그를 향해 고개를 홱 돌렸다.

"너야? 네가 꼰질렀어?"

"왜 이러냐? 진짜 미쳤어?"

황당해하는 얼굴로 목청을 돋우는 지호에게 태경이 코웃음을 쳤다.

"미쳤다고? 내가? 지랄하고 앉았네. 야, 내가 너 저기 앉아서 통화하는 걸 들은 게 몇번인데? 너 앞날 모르겠다며? 정 안 되면 다 때려치우고 돌아가겠다며? 돌아가기 싫어서 한번 비벼보려 한 거 아냐? 여기 물려받고 싶어서 그런 거 아니냐고?"

"뭐라는 거야! 되도 않는 소리 좀 그만해!"

지호가 진저리를 치면서 자리를 박차고 일어났다. 그가 내지른 소리의 잔향이 거실을 울렸다. 물에 잠긴 것처럼 귓전이 먹먹한 가운데 침묵이 세 사람을 잠깐 스쳤다. 그러고는 지호가 실소를 흘렸다.

"형."

종민은 못 들은 척, 등을 돌렸다.

"형!"

지호가 다시 불렀지만 종민은 의자 등받이 위에 팔꿈치를 괴고서 손톱을 물어뜯을 뿐이었다. 외면하는 종민의 뒷덜미에 대고 "에이 씨발, 나도 모르겠다……"라고 중얼거린 지호가 태경을 내려다봤다.

"누나, 몰라서 물어?"

지호가 이기죽거렸다.

"별로 친하지도 않았다고 하더만? 뭘 갑자기 없으면 죽는 사이처럼 굴었대? 틈만 나면 뒤에서 누나 씹던데 그것도 몰랐냐?"

비아냥거린 지호가 말을 이었다.

"나라고 뭐 뒷말 듣기 편했겠냐고. 근데 이 시다바리가 별수 있나? 형이 잘해주라잖아. 까라면 까야지. 씨발, 시키는 대로 잘해줘야 할 거 아니야? 사업 다 망해간다는데, 걔가 그나마 마지막 남은 동아줄이라는데 뭘 어떡해? 대충 비위 맞춰주면서 붙들어두라는데 뭐 어쩌라고? 형, 맞잖아요? 형이 그랬잖아요!"

종민은 대꾸를 않은 채 두 손으로 머리카락을 헝클었다.

"누구……라고?"

태경이 머뭇대며 물었다. 지호가 같잖다는 듯이 한쪽 입꼬리를 끌어올렸다.

"이 누나 진짜 몰라서 묻는 거였어? 아니, 눈치가 없는 거야, 배알이 없는 거야?"

지호가 허리를 숙이고는 태경 가까이에 대고 말했다.

"민다라고요, 민다!"

쐐기를 박는 말에 태경이 고개를 들었다.

눈을 흡뜬 채로 지호를 올려다보는 태경의 꽉 다문 입이 부들부들 떨렸다. 얼핏 붉어진 태경의 눈을 보고서 지호가 움찔거리며 몸을 뒤로 뺐다. 태경은 배신감에 치가

떨렸다. 분노와 슬픔이, 그리고 무어라 형언할 수 없는 감
정들이 범벅이 되어 끓어올랐다.

"그, 그 사람이 왜……"

태경이 더듬더듬 말했다.

"내가, 내가 그 사람한테 뭘 했다고……"

그가 끓어오르는 감정을 짓누르며 중얼거렸다. 지호는
그제야 자신이 뭔가 실수했다는 것을 느꼈는지 목소리를
누그러뜨렸다.

"낸들 알아? 누나더러 저 사람 뭔데 자꾸 막말하냐길래,
나는 뭐 어디서 정의의 사도라도 납셨는 줄 알았지."

지호가 떨떠름해하고는 숨을 푹 내쉬는데 종민이 의자
를 뒤로 밀었다. 바닥을 긁는 소리가 날카롭게 났다.

"아니, 형. 어딜 가요? 형도 말 좀 해봐요. 지금 나만 등
신 됐잖아!"

"시끄러, 새끼야."

주머니를 뒤적거린 종민이 담배를 꺼내 물었다. 경멸
어린 눈으로 지호를 쳐다본 그가 혀를 끌끌 찼다.

"내가 입이 없어서 얘한테 개라고 말 안 했겠냐? 일 복

잡하게 만들고 있어. 장사 그렇게 하는 거 아니야. 닥칠 때는 닥칠 줄 알아야지. 니가 그러니까 시다바린 거야, 알아?"

종민이 고개를 절레절레 흔들면서 풀장으로 향했다. 부아가 치민 지호가 그의 등에 대고 뭐라 뭐라 지껄였지만 태경의 귀에는 한마디도 들어오지 않았다.

왜.

태경 안에서 목소리가 울렸다.

대체 왜.

짙은 어둠이 머릿속을 휘감았다. 다른 사람도 아닌 민다영이 왜. 태경은 생각했다. 그에게라면 오히려 특혜를 준 것 아닌가, 다른 사람들보다 훨씬 유하게 대하지 않았나. 생각이 꼬리를 물고 이어졌다. 그런데 도대체 왜, 무엇 때문에 뒷말을 하고 컴플레인을 한단 말인가. 왜 훼방을 놓는지, 왜 내 살길을 지우려 드는지. 태경은 도무가 이해가 되지 않았다. 밤마다 정다운 말들을 나눈 것은 무엇 때문이었으며, 그간 신뢰를 쌓아온 까닭은 무엇이란 말인가. 머리가 터질 것만 같았다.

"이런, 썅!"

풀장 테이블 옆에서 담배를 피우던 종민이 욕지거리를 내뱉었다. 한쪽 발을 들어 올려 발바닥을 확인한 그가 집 안에 대고 소리쳤다.

"집구석에 뭔 놈의 모래가 이렇게 많아? 니들 캠프 관리 똑바로 안 해!"

윽박지르는 소리가 거실을 쩌렁쩌렁하게 울렸지만 아무도 대꾸하지 않았다. 귓가에서 공허하게 맴도는 것이 종민의 목소리인지 제 안의 목소리인지 태경은 분간할 수 없었다.

왜, 왜, 왜.

질문이 끊임없이 메아리쳤다.

빠나스 부미

종일 비가 내리는 날이면 태경은 덫에 걸린 느낌이었다.

시간이 정지된 것 같다가도 세찬 물소리에 정신을 차려 보면 너무 많은 시간이 지나 있었다. 굵은 빗방울이 풀장을 사정없이 때렸다. 갇힌 물은 제멋대로 출렁이며 태경이 평소에 운동을 하던 바닥까지 범람했다.

통유리창 앞에 선 태경은 팔짱을 낀 채 밖을 내다봤다. 처마 아래 테이블에는 간밤에 종민이 태운 담배꽁초가 수북했다. 종민은 돈 빌릴 데를 알아보느라 일찍 집을 나섰고, 휴무였던 지호도 태경과 단둘이 남는 게 저어됐는지 보드를 가지고 어디론가 향했다. 태경은 텅 빈 거실을 홀로 차지하고서 바닥으로, 보드들을 세워둔 덱 아래로, 담장 밑으로 퍼져 넘실거리는 물을 보았다. 물은 우중충한 하늘처럼 수은 빛깔로 출렁였다.

격렬하게 요동치는 물을 보면서 태경은 아궁산의 분화구가 폭발했던 때를 떠올렸다. 발리에 오고서 한해도 지나지 않았던 그때, 이 거실에서 사람들과 저녁시간을 보내던 태경은 난생처음으로 몸이 종잇장처럼 흔들리는 것을 느꼈다. 곳곳에서 비명이 터져나왔고 맞붙은 낡은 주택에서 창문 깨지는 소리와 기왓장 떨어지는 소리가 들렸다. 캠프생들과 포커를 치던 종민이 대피하라고 소리치며 일어났다. 현관문을 밀어젖힌 그를 따라 밖을 나서니 집집마다 사람들이 쏟아져나왔다. 아기 우는 소리와 개 짖는 소리와 새 지저귀는 소리가 정신없이 뒤섞인 골목 위로 멀리서부터 희뿌연 연기가 박명을 야금야금 삼키며 다가왔다. 하늘이 잡아먹히는 광경에 넋을 놓고 있던 사람들은 매캐한 연기가 입자로 느껴지자 웃옷을 끌어올려 코와 입을 가렸다.

화산재가 하늘을 가린 뒤로 극야와 같은 어두운 날이

며칠간 계속됐다. 그런데도 종민은 강습을 멈추지 않았다. 종민뿐만이 아니었다. 화산이 터진 다음 날, 캠프생들을 인솔하러 온 탕키 형제도 놀라지 않았느냐고 묻고는 아무 일이 없었던 것처럼 승합차 위에 보드를 실어 올렸다. 노점에는 여느 때처럼 생닭이 주렁주렁 걸렸고 아이들은 마스크를 쓴 채 신전 사이를 걸어 학교를 갔다.

사나흘이 지나 하늘이 열리자 빛이 내린 도로는 신에게 경배를 드리는 사람으로 인산인해였다. 흰옷을 입은 남자들은 머리에 우렝을 쓰고서 가마를 이고 졌다. 사롱을 두른 여자들은 바구니에서 꽃잎을 꺼내 길바닥에 뿌렸다. 길이란 길은 모두 막히는 바람에 해변으로 향하던 태경은 멈춰 서야 했다. 태경은 정체된 도로 위에서 한쪽 다리로 바이크를 지탱한 채 바닥에 흩뿌려진 꽃잎을 내려다봤다. 경적 한번 울리지 않고, 짜증 한번 내지 않고 가만히 기다렸다. 없던 인내심이 갑자기 생긴 것이 아니었다. 일터로 가는 것이 내키지 않은 것도 아니었다. 그저 자신의 무탈함에 대해 누구에게라도 고마움을 표하고 싶었다. 그러고서 태경은 행렬을 따라 앞으로 나아갔다. 늘어선 오토바이와 자동차는 사람이 걷는 속도로 느릿느릿 나아갔다. 며칠 뒤, 거리를 뒤덮었던 꽃잎들이 사라지면서 태경도 일상으로 돌아갔다. 언제 다시 터져도 이상하지 않았다. 언제 또 흔들려도 이상할 것 없었다. 그렇다고 마냥 불안해하며 살 수는 없었다. 어쩌면 삶이란 이런 것인지도 모르겠다고, 태경은 생각했다.

빗줄기는 가늘어져 있었다.

풀장 수면이 물고기의 주둥이처럼 뻐끔거렸다. 태경은 작은 파문들이 겹겹이 퍼져나가는 모습을 지켜봤다. 파문은 다른 파문과 경계를 만들기 무섭게 사라졌다.

한순간 일었다 이내 사라지는 것. 서로에게 다가가며 없어지는 것.

태경은 그런 것들을 생각하다 처마 아래 밥그릇을 보았다. 아침에 채워둔 사료는 줄어들지 않았다. 콧털은 오후가 되도록 모습을 보이지 않았다. 태경은 으스스한 기운을 느꼈다. 언제든 생길 수 있는 일이었다. 한번은 마주해야 할 일이기도 했다. 이대로 영영 돌아오지 않을지도 몰랐다. 나타나지 않다가도 돌아오고, 돌아오고, 또 돌아왔건만 예감은 떨쳐지지 않았다. 매번 돌아오리라는 보장은 어디에도 없었다. 매번 돌아왔다는 사실이 우연의 연속이었는지도 몰랐다. 반복은 거듭됨으로써 우연을 당연하게 만들고 배반은 늘 당연함을 발판 삼았다. 태경은 스스로를 감싼 팔뚝을 매만졌다.

어디서부터 말해야 할까.

태경은 여전히 혼란스러웠다. 어떻게 그렇게 깔끔하게 잘라낼 수 있는지, 편리하게 삭제할 수 있는지 미심쩍었다.

렘봉안에 갔던 캠프생들이 집으로 돌아온 것은 사십여 분 전이었다. 픽업 차량에서 내린 사람들은 비를 피해 정문에서부터 내달렸다. 쿵쿵 두드리는 소리에 현관으로 간 태경이 문을 열자 강습생들이 앞다투어 들어왔다. 흠뻑 젖었음에도 작은 낙원에서 보낸 여흥이 가시지 않은 그들은 저마다 즐거운 낯으로 태경에게 잘 지냈느냐고 인사를 했다. 태경은 객쩍어하면서 수건을 건네주었다. 머리부터 발끝까지 물기를 닦아낸 사람들이 하나둘 거실로 들어왔고 다영의 차례가 되자 태경은 수건을 건네며 이따 얘기를 좀 할 수 있겠느냐고 물었다.

"그럼요. 씻고 바로 나올게요."

몸을 닦고서 거실에 발을 디딘 그가 멈칫하더니 태경을 보며 입꼬리를 올렸다.

"쌤. 근데 웬일로 나한테 다영씨라 한대?"

어제의 사달이야 알 리 없겠지만 다영은 그 전날의 기억마저 남아 있지 않은 것처럼 천진하게 물었다.

태경은 대답하지 못했다. 다영의 얼굴에 잔잔히 퍼지는 웃음기도, 장난기 어린 말투도 이제는 믿기가 어려웠다. 정말 기억나지 않는 건지, 그런 척을 하는 건지도 알 수 없었다. 대답을 바란 것은 아니었던 모양인지 다영은 종종걸음으로 태경을 지나쳐 도미토리로 향했다. 그의 발길이 닿는 곳마다 뒤축 없는 수흔이 남았다. 태경은 가늘게 뜬 눈으로 그것들을 쳐다봤다.

왜.

총총히 찍힌 발자국처럼 질문들이 그를 지나쳤다. 밤새 시달린 질문이었다. 물어도 답이 나오지 않는 질문들. 앞뒤가 맞지 않는 질문들. 그럼에도 멈추지 못해 묻고 또 묻다 보면 가정에 가정이 이어져 인과의 구렁텅이로 빠져들게 하는 질문들. 헤어나지 못할 가정의 지옥들.

어쩌면⋯⋯

태경은 생각한다.

처음부터 침묵이 문제였을까.

다시 그를 마주한 뒤로 완강히 지켜왔던 침묵. 맞닿으면 일그러질 공기가, 결국에는 되살아올 시간이 태경은 두려웠다. 그래서 시곗바늘을 건드리지 못했다. 다영이 경고를 무시한 채 파도를 잡으려 드는 것을 두고 지적하지 못한 것도, 다른 사람들과 달리 그에게만은 한 소리를 하

기 어려워했던 것도, 특혜를 주었다고 여길 만큼 그에게
만은 유하게 대한 것도……

건드리고 싶지 않았기 때문이었다. 거기서부터 이미 잘
못됐던 것은 아닌지, 그 묵계가 문제의 시작이었던 것은
아닌지, 스스로 묻는데 경첩이 삐걱대는 소리가 들렸다.

방문이 열린다.

잿빛 유리창에 실루엣이 비친다.

머리카락을 털어내는 움직임이 비친다.

흐릿한 음영이 서서히 다가온다. 다가오는 음영에는 얼
굴이 없다. 보이지 않는 얼굴은 질문과도 같다. 가까워져
도 그저 가까워질 뿐 명료해지지 않는 질문.

태경이 몸을 틀어 뒤를 슬쩍 본다. 원피스 자락이 시야
에 들어온다. 나뭇잎의 잎맥을 본뜬 까만 패턴이 흰 배경
위에서 일렁인다. 고개를 들자 다영이 악의 없는 표정으
로, 무해한 얼굴로 태경을 마주 보며 갸웃거린다.

얼굴을 가진 형체가 눈앞에 서면 조금은 물러서게 되는
마음.

은은하게 달궈진 납처럼 부드러이 휘어지는 마음.

저 얼굴을 왜 미처 보지 못했던가. 아니면 보고도 잊었을까. 태경이 생각한다. 최초의 만남에서 저 사람이 어떠한 얼굴을 하고 있었는지, 그때도 저렇게 가벼운 걸음으로, 거리낌 없는 걸음걸이로 첫 출근을 했는지 태경은 알지 못한다. 어쩌면 그때도 저렇게 무구한 표정으로, 미소 어린 얼굴로 첫인사를 나누었을까. 그런데 왜 내게는 그 얼굴이 남아 있지 않을까. 말과 말이 쌓이고, 오해가 오해를 부르기 전의 얼굴이 어째서 내게는 없는 걸까.

"쌤, 무슨 일이에요?"

그렇다고 한들,

너는 알까. 네가 던진 말들이 나를 어떻게 찔렀는지,

너는 알까. 네가 뱉은 말들이 나를 어떻게 베었는지,

너는 알까. 너의 한마디, 한마디가 나를 어떻게 나락으로 떨어뜨렸는지,

너는 알까. 네가 내 뒤에서 흘린 사소한 비난이 이곳에서의 내 삶을, 내 미래를 단번에 꺾어버릴 수도 있다는 사

실을,

　너는 알까.

　아니, 어쩌면 너는 알고도 그랬을까. 그랬다면,

　그랬다면 너는……

　태경이 통유리창을 옆으로 밀었다.

　습기를 가득 머금은 바람이 살결에 닿았다. 굳은 얼굴로 발을 내딛는 태경을 따라 다영도 풀장 쪽으로 몸을 내밀었다.

*

　"그게 왜 문제라는 거죠?"

　시선을 아래로 두고 발을 뗐다 붙였다 하던 다영이 이해가 되지 않는다는 투로 물었다. 축축한 바닥이 거슬린다는 듯 양쪽 발을 번갈아 움직이는 다영 옆으로 처마에서 떨어진 물이 고였다.

　"손님이잖아요. 다들 자기 돈 내고 즐기러 왔는데 그런 취급을 받아야 할 이유가 있을까요?"

"취급?"

"아니, 그렇잖아. 여기는 휴양지고 우리는 쉬러 온 사람들이에요. 쌤은 우리한테 최선의 서비스를 제공할 의무가 있는 거고. 난 내가 해야 할 말을 한 거 같은데…… 지금 이 상황 되게 이상한 거, 나만 그런 거죠?"

다영은 불쾌하다는 티를 감추지 않았다.

그는 일일이 해명한다는 것이 우습다면서도 막상 '취급'의 목록을 열거하는 데는 망설임이 없었다. 목록은 태경이 캠프생에게 고압적으로 대했던 순간들로 구성됐는데, 불만의 연대기는 태경이 고은을 지적했던 날까지 거슬러 올라갔다. 다영은 그날 고은뿐만 아니라 주성에게도 주었던 면박을, 지호를 다그치느라 험악해졌던 분위기를 떠올려보라고, 어째서 서비스를 제공하는 사람의 감정에 고객들이 불편해해야 하는 거냐며, 그건 몹시 프로페셔널하지 않다고 단호하게 말했다.

태경도 그날 일을 또렷이 기억했다.

신경이 곤두선 이유도, 예민해졌던 감각도 선명하게 기

억했다.

하지만 고객으로서의 권리 장전만 읊어대는 사람을 앞에 두고 너 때문이었다고, 네가 거기 있었기 때문이었다고 말하기란 불가능했다. 행동은 결과였다. 시시비비를 따지는 이에게 결과에 이르기까지의 속내를, 스스로도 이해가 되지 않는 그 과정을 무턱대고 이해해달라고 말할 수는 없었다. 자신의 정당함과 상대의 잘못만을 짚는 이에게 너라는 존재가 우발적으로 내 앞에 나타난 때부터 엉켜버린 마음을, 뒤틀리고 변색된 마음을 납득시킬 수는 없었다.

꼿꼿하게 제 할 말만 하는 다영의 모습이 태경은 어쩐지 익숙했다. 그들의 면전에다 욕설을 퍼부어대던 고객들과 다를 바 없는 모습. 일터에서 숱하게 마주쳤던, 우리 속을 좀먹어간 수많은 이들의 모습. *진상이었잖아요. 선생님도 못 말리셨잖아요.* 다영이 제 입으로 또박또박 비난했던 바로 그 모습.

경멸도 피곤한 일이었다.

태경은 기대가 없어진 눈으로 다영을 보았다. 다영이

빠나스 부미 219

잠시 말을 멈추자 태경은 평정심을 유지한 채 맞받아쳤다. 이곳에는 이곳만의 방식이 있다. 거기에 합의가 됐기 때문에 다들 여기 머무는 것이다. 그게 아니라면 다른 캠프를 찾으면 된다. 정작 당사자들은 아무 말이 없지 않았느냐. 당신이 무슨 권한으로 그 사람들을 대신해 컴플레인을 했느냐. 문제가 되는 부분이 있으면 뒷말을 할 게 아니라 내게 직접 말했어야 하는 것 아니냐.

"어머 웬일이야?"

다영은 태경이 따져 묻는 말을 잘랐다.

"그 당사자들이 아무 말도 안 했을 거라고 생각해요? 그리고 내가 왜 쌤한테 직접 말해야 하죠? 내가 계약한 건 사장님인데? 쌤이랑은 나름 잘 지내고 있었잖아요? 굳이 불편한 말 섞을 이유가 없잖아?"

어깨를 으쓱거린 다영이 눈동자를 위로 굴리다 무언가 알아차렸다는 듯이 고개를 주억였다.

"쌤."

태경을 부르는 말끝에 웃음기가 흘렀다.

"혹시, 쌤이 진짜 선생님이라고 생각하는 건 아니죠?"

질문에서 더없이 익숙한 냄새가 났다.

선을 치고, 벽을 세우고, 경계를 정하려는 말에서 풍기는 고약한 냄새. 일을 하고 돈을 벌기 시작한 이래 잊을 만하면 칼날이 되어 꽂혀들던 간교한 언어의 냄새.

"그냥 강사잖아. 요즘엔 진짜 선생님들도 그렇게 대놓고 면박 주진 않아요. 몰랐어요?"

그리고 예상에서 한치도 벗어나지 않는 말.

말에서 악취가 풍겼으나 그 정도 악취는 태경을 화나게 만들지 못했다. 그런 말이라면 태경은 백번이고, 천번이고 받아낼 수 있었다. 다영이 그런 말을 했다는 것도 놀랍지 않았다. 그런 말을 하는 사람이 따로 있지 않았다. 손님은 왕이라는 기이한 황금률은 어떤 사람이라도 그런 사람으로 만들어버린다는 것을 태경은 잘 알고 있었다. 그러니까 그런 말 따위야 아무래도 좋았다. 어떤 말이라도 받아낼 자신이 있었다. 무슨 말을 하든지 귓등으로 흘려버릴 자신이 있었다. 다만 여전히 이해가 되지 않는 것은,

왜.

태경이 다영 앞으로 불쑥 다가갔다.

성큼 다가온 그림자에 당황한 다영이 한발 뒤로 물러섰다. 처마에 고였던 물이 다영의 한쪽 어깨에 떨어졌다. 어깨에 묻은 물을 흘겨본 다영은 거친 손짓으로 쓸어냈다.

"뭐하는 짓이죠?"

다영이 그 눈빛 그대로 태경을 보았다.

"왜죠?"

태경이 무표정한 얼굴로 한걸음 더 다가갔다.

"왜 그렇게까지 말하는 거죠?"

뒤로 물러나는 다영에게 그가 거듭 물었다.

"내가 뭘 그렇게 잘못한 거죠?"

태경의 음성은 단조로웠으나 분명 격앙되어 있었다. 다영은 이미 말하지 않았느냐고, 지금껏 한 말을 듣지 않은 것이냐며 사뭇 당당하게 반문했지만 팔뚝 하나만큼 가까워진 태경을 보는 눈은 숨기지 못할 정도로 흔들리고 있었다.

그게 아니지 않나.

태경이 더욱 바투 섰다. 이 무시와 모멸의 이유는 그게
아니지 않나. 다영의 얼굴에 태경의 그림자가 드리웠다.
너는 다 들었다. 내가 여기서 어떻게 살아왔는지, 앞으로
도 살아남기 위해 무엇을 하려는지 내게서 다 들었다. 나
는 그렇게 너를 믿고 곁을 내주었다. 그런데도 단둘이 있
을 때조차 너는 내색 한번 하지 않았다. 그러고도 내 뒤에
서 무슨 말을 했는지, 나를 어떤 식으로 매도했는지, 나는
아무것도 모른 채 모욕을 뒤집어썼다. 그런데도 너의 초
라한 변명을 믿으란 말인가. 그따위 얄팍한 권리 장전 때
문이라는 걸, 오류투성이인 황금률 때문이라는 걸, 지금
나더러 믿으란 말인가.

다영은 코앞까지 들이닥친 태경을 피해 뒷걸음질했다.

"언제부터였어요?"

"네?"

다영이 얼굴을 일그러뜨리며 되물었다.

"언제부터 나를 그런 식으로 본 거예요?"

"뭐라고요?"

"처음부터였어요? 아예 처음부터 작정한 거였어요?"

태경의 목소리가 파르르 떨렸다.

"그게 도대체 무슨 말이에요?"

도리질을 친 다영이 도통 알아듣지 못하겠다는 표정으로 두 손바닥을 위로 내보였다. 말갛게 비어 있는 손과 같이 자신에겐 무엇도 없다는 격한 몸짓에도 태경은 울컥울컥 치밀어 오르는 말을 참을 수 없었다.

"아니면……"

말끝을 간신히 흐린 태경이 주먹을 움켜쥐었다.

급정거하듯, 브레이크를 거세게 밟듯 주먹을 꽉 움켜쥐었다. 이건 아니라고, 너무 나갔다고, 더 내뱉어서는 안 된다고 생각했으나 제어가 되지 않은 말은 스키드마크를 남기며 밀려버린 바퀴처럼 입 밖으로 튀어나갔다.

"내가 여기 있는 거, 알고 온 거예요?"

혀끝에만 머물던 질문이 제 귀에 들려왔다.

별안간 긴장했던 사지에서 힘이 풀리는 듯했다. 움켜쥐었던 주먹이 떨렸고 다리가 후들거렸다. 내뱉은 말을 후회할 겨를도 없이, 말과 함께 가슴 언저리에서 무언가 훅 빠져나가는 기분이었다. 비어버린 만큼 무너져내리듯 뻣뻣하게 치켜들었던 고개를 아래로 떨궜다. 주먹에서 손가락들이 떨어져나갔다. 마디마디로 피가 스며들면서 손끝에서 핏줄기가 뜨겁게 돌아쳤다.

말이 되지 않는다는 것을 알면서도 결국은 뱉어져야 하는 말.

뱉고 나서야 뒤늦게 알게 되는 말.

그 말이 다른 누구도 아닌 자신을 향해 있음을 알게 되는 말.

"하!"

다영이 외마디를 냈다. 그가 한껏 커진 눈으로 태경의 위아래를 훑었다.

다영은 그제야 이 모든 상황이 이해가 됐는지 같은 외마디를 몇번인가 내고는 제게 바짝 붙은 태경을 가만히 밀었다. 태경은 저항 없이 뒤로 밀려났다.

툭툭 끊기던 다영의 외마디는 곧 헛웃음으로 변했다.

그가 마구 웃어대기 시작했다. 자신을 알아보지 못하는 태경을 보며 허리가 끊어져라 웃어대던 때처럼 그가 미친 듯이 웃어댔다. 웃음소리가 풀장 위로 퍼졌다. 수면에 떨어진 나뭇가지와 나뭇잎들이 지저분하게 표류했다. 담장 밑 개수구로 바닥에 고였던 물이 콸콸대며 빠져나갔다.

"난 또 뭐라고…… 어이가 없어서, 정말."

웃느라 눈에 고인 눈물을 손등으로 찍어낸 다영이 말했다.

"쌤, 나 좀 봐요. 응?"

그가 태경을 불렀다. 조금은 애원하는 투였으나 태경은 고개를 들지 못했다.

"나는 그냥 여기 온 거야. 하필이면 쌤이 여기 있었던 거고."

맥이 풀린 목소리로 그가 말을 이었다.

"내 입장에서 생각해본 적 없어요? 내가 쌤 보고 어떤 기분이었을지 생각해본 적 없냐고."

다영이 무언가 더 말을 하려다 말고 숨을 들이켰다. 다문 잇새로 공기가 빨려들어갔다. 폐 끝까지 차올랐던 숨이 불안정하게 되돌아나왔다. 후더운 숨결이 태경의 머리카락을 스쳤다. 태경이 마른침을 삼켰다.

왜 없었겠나.
없기는커녕 내내 그 생각뿐이었는데.
그로 인해 이 모든 일이 벌어졌는데.

태경은 생각했다. 누군가의 얼굴을 보는 것만으로도 괴로웠을 시간을. 회복에 이른 것처럼 느껴졌으나 지워지지 않는 흉으로 남았을 시간을. 어쩌면 한순간도 잊을 수 없어 매 순간 잊으려 했을 시간을. 그 시간의 잔해 속에 내가 있다는 게, 그런 내가 네 앞에 서 있다는 게, 나의 기만이라는 게, 너와 내가 함께였으나 너를 외면하기만 했던 그곳에서의 일을 떠올릴 때마다 스스로를 방관자로만 규정하려 해온 나의 기만이라는 게. 태경이 입술을 달싹거렸다.
기만이 가리려고 했던 사실은 방관 또한 가해였다는 점. 아니라고, 그렇지 않다고, 나는 그저 가만히 있었을 뿐이라고 스스로 최면을 걸어보아도, 결코 가려지지 않는 사실은 그것이 비겁하디비겁한 가해였다는 점.

"……미안했어요."

태경이 머뭇머뭇 말했다.

"정말, 미안했어요."

비록 비할 데 없이 작을지라도,

"내가 정말, 미안했어요."

아주 조막만 한 생채기일지라도,

"그때는, 용기가 없었어……"

그 가해가 내게도 영영 지워지지 않을 흉터를 남겼다는 점.

힘겹게 말을 잇는 태경의 얼굴이 왈칵 달아올랐다. 바닥을 바라보던 눈앞이 불현듯 흐려졌다. 태경은 눈을 감았다.

그리고 고요했다.

가느다란 이명이 태경의 귓가에 울렸다. 희미한 매미 울음 같은 소리가 길게 이어졌다. 그러고서 발소리가 들렸다. 한걸음, 또 한걸음 다가오며 젖은 바닥을 자박자박 밟는 소리가 이명을 뒤덮었다.

"아니야. 그게 아니야."

태경 가까이로 다가온 다영이 허탈해하며 말했다.

"지금 쌤이 뭔가 단단히 오해하고 있는 것 같아."

그가 차분한 목소리로 덧붙이고는 한쪽 팔을 뻗어 아래로 늘어진 태경의 손을 잡았다. 부드러운 압력이 전해지자 태경은 어쩔 줄을 몰라하며 고개를 들었다. 다영은 하는 수 없다는 표정으로 그를 보고 있었다.

"내가 컴플레인한 건, 그때 일이랑은 아무 상관이 없어요."

겨우 눈이 마주친 태경을 보면서 다영이 옅은 미소를 띠었다. 태경은 미소의 정체를 알 수 없어 약간 멍해진 채로 그의 손을 끌어당기는 다영을 응시했다.

"그건 그거고 이건 이거야. 나요, 쌤한테는 오히려 고마운 기억뿐이에요."

다영이 안심시키려는 투로 말했지만 태경은 뜻밖의 말에 무의식적으로 고개를 저었다.

"진짜야. 정말 고마웠다니까. 쌤은 그때 나한테 뭐라도 말을 해줬잖아. 괜찮다고, 네 잘못 아니라고 얘기해줬잖아. 응원해줬잖아. 그렇게 말해준 사람, 쌤밖에 없었어."

다영이 나머지 손으로 태경의 손을 완전히 감쌌다. 태경은 얼이 빠진 얼굴로 다영을 쳐다봤다. 뭐가 고맙다는 건지, 무슨 응원을 해줬다는 건지, 괜찮다는 건 또 뭔지, 뭐가 잘못이 아니라는지. 그는 한마디도 알아들을 수 없었다.

"설마 기억 못하는 거예요?"

혼란한 마음이 고스란히 드러나는 태경의 표정을 보고서 다영이 허탈한 얼굴로 웃었다.

"왜, 우리 같이 지하철 탔을 때 있잖아. 생각 안 나요?"

감싸 쥔 손을 가볍게 흔들며 다영이 물었다.

먼 데서부터 개구리 우는 소리가 들렸다. 빗방울은 다시 굵어지고 있었다. 타닥타닥 내리는 빗소리와 개구리들이 법석을 떠는 소리가 두 사람 사이의 침묵을 넉넉하게 채웠다. 태경은 기도하는 모양새로 모은 두 손바닥 사이에서 무방비하게 흔들리는 자신의 손을 홀린 듯이 바라보았다.

불현듯, 그 손이 움찔거렸다.

어딜 가도

쓸쓸한 목소리.

똑같지 않을까요.

너무 곁에 있어 생생하게 느껴지던 훈기.

선로 너머, 발 디딜 틈 없이 붐비던 퇴근길 하행선 승강장. 지하철 스크린도어 사이로 어슴푸레 보이던 서너 명의 동료들. 퇴근을 하고서 역으로 내려오기 전까지 같이 떠들던 그들을 바라보는데 핸드백 안에서 드르륵, 하고 울리던 진동.

태경은 기억이 났다. 이른 연말 모임에 들뜬 고등학교 동창 채팅방도 기억이 났고, 호텔파티룸에서 모임을 하자는 친구들의 성화에 새로 마련해 입었던 스커트도 기억이 났다. 벤치 등받이에 기대어 뚱하니 폰을 바라보다 언뜻 비쳤던 젊은 여자의 쥐색 롱패딩도 기억이 났고, 스크린도어 앞에 서 있던 그 사람의 머리카락도 기억이 났다. 여자의 기름진 머리카락에는 자국이 남아 있었다. 종일 동여맸던 머리카락을 풀어헤치면 목덜미에서 한번 굽이치며 남게 되는 자국. 이름을 몰라도, 얼굴을 몰라도 동업자임을 확신할 수밖에 없는 선명한 표식. 그 표식을 보면서 느꼈던 진한 피로.

"지겨워……"

태경이 중얼거렸다.

어느덧 겨울의 초입이었다. 봄부터 시작해 사계절을 보내게 된 일터는 그다지 변한 것이 없었다. 내원객들은 아침부터 밀려들었다. 어디선가 욕설이 간간이 터져나와도 사람들은 나 몰라라 했다. 올라프는 여전히 직원들을 들들 볶아댔고 센터로 들어온 수간호사는 오늘도 올라프를 데리고 비상계단으로 나갔다. 모니터를 들여다보느라 굽은 목은 펴질 줄 몰랐으며 쉼 없이 키보드를 두드리느라 생긴 건초염도 나을 기미가 없었다. 그나마 달라진 게 있다면 방광염에 잘 듣는 항생제가 무엇인지 알게 되었다는 정도.

땡땡땡, 하고 종치는 소리가 역사를 울렸다. 태경은 안전선 뒤로 물러나라는 음성을 들으며 벤치에서 일어났다. 허정허정 앞으로 나아가니 구두 밑창이 자꾸만 바닥에 끌렸다.

한차례 사람들을 쓸어간 선로 건너편은 한산했다. 태경

은 스크린도어 앞에 서서 매무새를 정리했다. 옷깃을 만지다 섶을 쥐고서 트렌치코트 주름을 팽팽하게 펴는데 옆 사람의 쥐색 패딩이 곁눈으로 들어왔다. 동업자의 진한 표식 아래로 이어지는 두툼한 롱패딩은 다가올 추위를 혼자 미리 당겨온 느낌이었다. 계절을 반 발자국 앞선 차림새 너머 캄캄한 터널 끝에서부터 전조등 불빛이 비쳐들었다. 불빛을 보며 태경이 발꿈치를 들었다 놓는데, 옆 사람이 빛을 피해 고개를 이쪽으로 돌렸다.

"어? 선생님."

태경이 옆 사람을 알아보고는 무심결에 말했다.

스크린도어 너비만큼 떨어져 있던 다영이 화들짝 놀란 얼굴로 태경을 보았다. 멀뚱멀뚱 쳐다보던 그가 뒤늦게 '아……' 하는 표정을 짓고는 꾸벅 인사를 했다. 태경도 비슷한 정도로 데면데면하게 고갯짓을 했다.

뒤이어 지하철이 정차했고 다영은 열차에서 나오는 사람들과 어깨를 부딪히며 안으로 들어갔다. 태경은 문 가까이에 앉은 다영을 보고서 주변을 살폈다. 퇴근길의 상행선은 빈자리가 간간이 있어, 더 멀리 떨어진 곳으로 가자면 갈 수도 있었다. 하지만 그러기에는 태경이 너무 먼저 알은척을 해버린 뒤였다. 지뢰찾기 게임이라도 하는 것처럼 다영의 옆자리와 맞은편을 두고 우물쭈물하는 동안 누군가 맞은편에 앉았다. 태경은 내키지 않는 걸음으로 다영 옆으로 갔다. 점퍼 자락을 엉덩이 아래로 집어넣는 다영에게 태경이 고맙다는 뜻으로 눈인사를 하자 그가 다시 꾸벅, 하고 인사를 했다.

"서울 가는 길이세요?"

태경의 물음에 다영은 그를 보는 것도, 보지 않는 것도 아닌 애매한 각도로 고개를 끄덕였다.

"어쩐 일로 가시는 거예요?"

"그냥…… 일이 있어서요."

다영이 기어들어가는 목소리로 말했다.

"아, 네……"

자기도 왠지 조용히 말해야 할 것 같은 기분에 태경은 다영처럼 기어들어가는 목소리로 맞장구를 쳤다. 대화가 뚝 끊기면서 어색함이 밀려들자 태경은 후회가 됐다. 그냥 멀리 앉을 걸 그랬나. 딱히 신경도 쓰지 않는 것 같은

데, 괜히 마음을 썼나 싶었다. 곁에 닿은 패딩이 버스럭거렸다. 그러지 않아도 좁힌 어깨를 더 쪼그라뜨린 태경이 핸드백에서 폰을 꺼냈다.

동창 채팅방에는 메시지가 한가득 올라와 있었다. 서울에서 퇴근을 한 친구들끼리 먼저 마트에 장을 보러 가서 찍은 사진들이었다. 와인과 고기와 케이크 같은 고만고만한 먹거리를 들고 온몸으로 즐거움을 표하는 친구들을 보다가 지루해진 태경이 폰을 내려놓았다. 멍하니 시간을 죽이는 사이 열차는 몇정거장을 지나쳤고 유동인구가 많은 역에 정차했을 때는 좌석 사이의 복도까지 사람들이 들어찼다. 태경은 발끝을 안으로 끌어당겼다. 그러다 다영이 신은 흰색 운동화를 보고는 풋, 하고 웃음을 터뜨렸다.

태경을 힐끔거린 다영이 그의 시선을 따라 제 발을 내려다보았다. 운동화를 짝짝이로 신었다는 것을 몰랐는지, 아니면 깜빡했는지 다영은 당황해하며 왼발을 오른발 위에 올렸다가 다시 오른발로 왼발을 가리길 반복했다. 필사적으로까지 보이는 움직임에 태경은 "뭐 어때요. 나도 이런 적 많은데" 하며 별것 아니라는 식으로 말했다.

"아침에 정말 정신없죠?"

태경이 부드러운 목소리로 묻자 다영이 발을 멈추고는 고개를 끄덕였다.

"어느 쪽이었어요?"

"네?"

"원래 신으려던 거요."

"아……"

아래를 보면서 곰곰이 생각하던 다영이 오른쪽 발끝을 들어 올렸다. 조금 더 희고 무늬가 적은 쪽이었다. 태경은 몽톡하게 올라온 신발을 향해 턱짓을 했다.

"왠지 그거 같더라."

실없이 덧붙인 말에 다영이 갑자기 어깨를 들썩였다. 손으로 입을 가리긴 했지만, 소리를 죽이긴 했지만 다영은 웃고 있었다. 오히려 말을 한 태경이 이게 그렇게 웃긴가, 하고 의아해할 정도로 반달눈이 되어 꺽꺽거리는 모습이 태경은 무척이나 낯설었다. 이 사람도 이렇게 웃을 줄 아는구나, 싶을 만큼 낯설고도 환한 웃음이었다.

그러니까 단지 잊었을 뿐이었다.

태경은 다영이 웃는 모습을 그때에도 본 적이 있었다.

부적응자, 저성과자, 루저, 처치곤란.
없느니만 못한 것, 근성 없는 것, 도움 안 되는 것.

다영을 지칭하는 올라프의 사전은 그즈음 더욱 두꺼워져 있었다. 사람들은 사전의 잔인함에 혀를 내두를지언정 올라프가 그 사전을 사용하는 까닭에 대해서는 이의를 달지 않았다. 다영은 술이 덜 깬 상태로 출근한 지 오래였고 지각도 잦았다. 근태가 문제였다면 차라리 간단했을지도 모른다. 막상 일을 할 때는 또 열심히 하려 든다는 게 더 큰 문제였다. 다영은 쉬운 일은 어렵게, 어려운 일은 쉽게 하는 재주가 있었는데 그것은 모두를 난처하게 만들었다.

순서대로 아귀가 맞아떨어져야 하는 검진센터에서 속도는 생명이었다. 다영은 사소한 일에 자주 집착했고, 그가 맡은 순번에서 대기열이 늘어지기 일쑤였다. 태경과 다영이 나란히 앉아 서울로 갔던 그날도 똑같았다. 주위에 있던 직원들이 눈치를 줬음에도 다영은 차트에 빠진 내용이 없는지 묵묵히 확인했다.

쟤는 또 왜 저런대.

오며 가며 혀를 끌끌 차는 소리에도 다영은 하던 일을 계속했다. 그가 맡았던 신체계측실 앞의 대기시간이 길어지면서 내원객들 사이에 불만이 들끓었다. 허기진 수검자들의 입에서 하나의 공식처럼 욕설이 터져나오자 다영을 탈의실로 보낸 올라프는 점심시간이 되기 무섭게 그를 스테이션 앞으로 불러냈다. 고개를 숙인 직원들 가운데 서서 그러고도 월급 받아먹고 싶냐며, 너희 부모는 너 같은 거 낳고도 미역국 먹었냐며, 다른 병원에 가서도 발 못 붙이게 할 줄 알라며 신들린 듯이 고함을 질러대는 올라프는 이성을 완전히 잃은 것처럼 보였다. 하루가 멀다 하고 반복되는 일이긴 했지만 날이 갈수록 정도는 점점 심해져, 올라프가 그렇게 제정신이 아닌 것처럼 굴 때에는 무감해졌던 태경의 심장도 덜컹 내려앉고는 했다.

다영이 옆에서 흠, 흠, 하고 잔기침을 냈다.

들썩였던 어깨는 멈춰 있었다. 사라진 반달눈 아래로 퀭한 그늘도 돌아와 있었다. 다영은 구겨진 종잇장처럼 구부정한 자세로 큼큼거리며 목을 가눴다. 잔기침을 멈추지 못하는 그를 우두커니 바라보는데 흰자위 끝에 터진 실핏줄이 태경 눈에 설핏 들어왔다.

그것은 한때 태경도 달고 살던 것이었다. 다영과 똑같이 실핏줄이 터진 채로 밭은소리를 그치지 못하던 때가 있었다는 사실이 떠올랐다. 다래끼가 생긴 눈으로 입술이 부르트라 스스로를 갈아넣던 때가 태경에게도 있었다. 원래 자신이 어떤 사람인지 모를 만큼 변해버린 제 모습을 두려워하던 때가, 어떻게든 그 경로에서 벗어나야만 한다고 생각했던 때가 그에게도 있었다. 피폐해질 대로 피폐해진 옆 사람의 모습은 불과 얼마 전까지만 해도 자신이 벗어나고자 몸부림쳤던 바로 그 모습이었다.

설령 조미진이 쏘아댄 말들이 맞는 말이라 할지라도, 다영이 정말 없느니만 못한 존재라 하더라도, 그가 말한 것처럼 도움이 하나도 안 된다고 할지라도, 그게 정말 맞는 말 같아 내심 고개를 끄덕인 적이 있다 하더라도 가혹한 언어의 세례를 듣고 나면 태경 또한 펄펄 끓는 물에 덴 것처럼 몸서리가 쳐졌다. 그것은 고문이었다. 사람을 영혼을 파괴하는 고문이었다. 제아무리 무딘 사람이라도 그런 고문을 견딜 수는 없었다.

"선생님."

태경이 충동적으로 다영을 불렀다. 목청을 가다듬던 다영이 그를 힐긋 보았다.

"너무 애쓰지 말아요."

다영은 휘둥그레진 눈으로 태경을 마주 봤다.

"선생님 좋은 대학 나왔잖아요. 간호사이기까지 하잖아. 그것만으로도 얼마나 대단해요. 어딜 가도 여기보다 나은 대접 받을 텐데 여기가 뭐라고 이렇게까지 미친 사람들을 견뎌요?"

'미친'이란 말에 유독 강세를 준 태경이 내처 말을 이었다.

"선생님도 알죠? 조미진이 약 먹는 거. 요즘에는 그마저도 잘 안 먹는 거 같다고 사람들이 수군대요. 근데 나는 진짜 약이 문젠가 싶어. 걔도 매일같이 수한테 털리잖아요. 같은 자리를 계속 찔러대는데 밴드만 갈아 붙인다고 나을 리가 없잖아. 미친 거 아니냐고. 조미진이도 그렇고, 수도 그렇고 진짜 죄다 미친 것 같아. 막말로 사람을 이렇게 쥐어짜는데 누가 제정신일 수 있겠어요?"

제 분을 이기지 못하고 시작한 말은 빠르게 성토로 변해갔다. 목소리가 너무 높아졌다는 것을 의식한 태경이 고개를 빼꼼 들었다. 주위를 한번 살핀 그가 다영에게 속삭였다.

"우리 일년 다 되어가잖아요. 곧 퇴직금 나오니까 쫌만 버티다 좋은 데로 가요. 나야 어차피 이년짜리라 그냥 있는 거지, 선생님은 다르잖아. 응?"

태경이 다정하게 건네는 말에 다영이 고개를 주억였다. 환승역이 가까워졌음을 알리는 음악이 들려왔다. 백색소음을 잠식하는 쇳소리와 함께 열차가 멈추자 서울로 오는 동안 채워졌던 사람들이 썰물처럼 밀려나갔다. 그보다 훨씬 많은 사람들이 안으로 들어오면서 더욱 조밀해진 신발들만큼 태경과 다영은 정강이를 안으로 바짝 끌어당겼다.

밀집한 머리들로 어둑해진 열차가 다시 출발했다. 선로를 긁는 바퀴 소리가 귓전을 때렸다. 굉음이 유연하게 잦아들 때까지 가만히 고개만 끄덕이던 다영이 허리를 구부정하게 굽힌 채 입을 열었다.

"어딜 가도……"

자그마한 목소리였다. 태경은 저도 모르게 몸을 옆으로 기울였다.

"똑같지 않을까요."

말을 하고서 멋쩍게 웃은 그가 고개를 들고는 가는 숨을 내쉬었다.

"자주 그런 생각을 하거든요. 꼭 그 사람 때문만은 아닐 거 같다고 말이에요. 다른 곳에 가더라도 똑같을 거 같다고……"

다영이 먼 곳에 있는 무언가를 헤아리는 눈으로 앞을 바라봤다.

열차가 덜컹거렸다. 두 사람의 몸이 출렁였다. 시간이 멈춘 듯한 적막에도 그들을 태운 열차가 쉼 없이 질주하고 있다는 사실이 실감됐다. 손에 냉기가 도는 모양인지 다영은 한쪽 손으로 다른 쪽 손바닥을 주물렀다. 한참을 그러던 그가 손을 바꿔 반대편 손바닥을 주무르다 피식거렸다.

"나도 알아요. 내가 잘못한 거."

다영이 체념한 투로 말했다. 태경은 말도 안 된다며 손사래를 쳤지만 다영은 못 들은 것처럼 말을 이어갔다.

"잘못했지. 잘못했어요. 잘못했어. 그런데, 나도 어쩔 수 없었어. 그 사람…… 지난번엔 차트에 잘못 적힌 거 못 봤느냐고 뭐라 했거든요. 이번엔 또, 꼼꼼히 본다고 뭐라 그러는 거예요. 나더러 뭘 어쩌라는 건지……"

다영이 또다시 피식거렸다.

태경은 얼굴이 화끈거렸다.

몰랐던 사실이었다. 남들의 눈총에도 그가 강박적으로 차트를 확인했던 내막을 태경으로서는 알 길이 없었다. 그저 몰랐던 사실을 알게 된 것뿐이었는데도 태경은 얼굴이 벌겋게 달아오르는 것을 느꼈다.

그것은 몰랐다고 한다면 몰랐다고 할 수 있을 만큼의 모름이었으니까. 모르려고 한 만큼의 모름이었고, 적극적으로 모르고자 한 만큼의 모름이었다. 트집을 잡으려 들면 어떠한 것이든 이유가 될 수 있었다. 한치의 틈도 용납하지 않으며 옥죄어오는 덫을 빠져나갈 방법은 어디에도 없었다. 그 사실을 태경은 모르지 않았다. 부상을 입은 개체를 포식자에게 던져두고 옆에서 태연히 풀을 뜯는 무리처럼, 누군가는 표적이 되어주어야 했다. 그리고 그 누군가는 내가 아니어야 했다. 태경은 눈길 둘 곳을 찾지 못했다.

"학생 때 그런 적이 있어요."

다영이 가만가만 말을 이었다. 나지막한 음성은 어딘지 모르게 사람을 편안하게 이끄는 구석이 있었으나 태경은 그 목소리에 결코 편안해질 수 없었다. 안에서부터 솟구친 무언가가 그림자를 길게 늘어뜨렸다. 이리저리 흔들리는 그림자 끝이 태경의 속을 꺼끌꺼끌하게 쓸어댔다.

"실습을 돌던 때인데…… 그때는 선배들 따라다니면서 어깨너머로 배워야 하거든요. 저도 처음으로 병원 생활을 하는 거니까 잔뜩 긴장해서 선배들을 졸졸 따라다녔어요. 그런데 하루는 그 선배들 중에서 한명이 링거 바늘을 팔

246

뚝에 꽂은 채로 처치실에서 나오는 거예요. 환자가 아니라 간호사로 말이에요. 저랑 똑같이 머리도 묶고, 간호복도 입었는데 한 손으로는 수액 달린 폴대를 질질 끌면서 다른 날들과 다를 바 없이 바쁘게 일을 하더라고요. 저는 그게 너무 이상했어요. 기괴해 보이기까지 했어. 그래도 따라다니면서 하나라도 더 배워야 하는데 도저히 그럴 수가 없었어요. 그 선배랑 멀찍이 떨어져 병동 복도를 얼쩡거리는데 복도를 오가던 보호자들이랑 환자들이 저한테 한마디씩 하는 거예요. 저 아가씨 보라고, 참 장하지 않냐고, 대단하다고, 어떻게 저렇게 헌신적이냐고, 존경스럽다고. 학생도 저 아가씨 같은 사람이 되라고. 어떻게 그 모습을 보면서 그런 생각을 할 수 있는지, 평소에는 물 한잔만 늦게 갖다줘도, 조금만 수가 틀려도 소리를 버럭버럭 질러대던 사람들이 갑자기 우러러보듯이 말하는데 저는 그게 너무 소름이 돋더라고요."

초점 없는 눈으로 말하는 다영의 얼굴은 기괴한 풍경 앞에서 속수무책이었던 그때로 되돌아간 것처럼 일그러져 있었다. 두 손으로 얼굴을 훔친 그가 떨리는 목소리로 말을 이었다.

"쓸모 있는 사람이 되고 싶었어요. 다른 사람에게 의미 있는 사람이 되고 싶었어. 그래서 이 일을 택한 건데, 그랬는데 그런 일을 겪고 나니까 모르겠더라고요. 내가 정말 이걸 할 수 있는 사람인지, 나한테 맞는 일이 뭔지…… 그나마 여기는 삼교대도 없잖아요. 시술도 없고, 누굴 돌봐야 하는 것도 아니잖아요. 몸이라도 편하다고 해서 여기로 왔는데 여기서도 이 모양이면 다른 곳에 간들 달라질 게 있을까요. 어딜 가더라도 똑같이 버텨야 할 텐데 버틴다고 뭐가 달라질 게 있을까요……"

떨림이 더해진 다영의 목소리는 혼잣말 같기도 했고, 간절하게 대답을 구하는 것처럼 들리기도 했다.

"이미 버틸 대로 버텼는데, 얼마나 더 버텨야 할까요."

다영이 읊조리듯 말했다.

"내가 도대체 뭘 할 수 있을까요……"

말과 함께 한숨이 앞서거니 뒤서거니 삐져나왔다.

너무 곁에 있었던 탓일까. 훈기가 생생하게 느껴졌다. 너무 가까이에 있어 불편하기만 했던 시간. 불편했기에 금세 잊어버릴 기억. 편리하게도 지워버릴 기억. 훗날 다시 마주치지 않는다면 결코 떠올릴 일이 없을 단 한번의 수치.

태경은 허리를 뒤로 젖혀 등받이에 몸을 구겨 넣었다. 뒤척이는 태경의 몸에 다영의 패딩이 버스럭거렸다.

열차가 다시 덜컹거렸다.

객차 내에 전력 공급이 잠시 중단될 예정이라는 안내방송이 나왔다. 절연구간에 들어서자 열차 안은 최소한의 조명만 남긴 채 불이 꺼졌고, 사람들의 얼굴은 한순간 푸르스름해졌다. 어둑한 불빛 아래 희붐히 빛나는 얼굴들은 약속이라도 한 듯 굳게 입을 다물었다.

다영도, 태경도 더는 말이 없었다.

캄캄한 터널은 끝이 보이지 않았다.

*

"지나가는 차에 치였으면 좋겠다, 자는데 불이라도 났으면 좋겠다, 그냥 다음 날이 오지 않았으면 좋겠다…… 그런 생각을 매일 했어. 막막했으니까. 그런 소리를 듣다 보면 정말 실패자가 되어버릴 것만 같았거든. 진짜 부적응자가 될 것 같았어. 또 쓰레기라는 소리를 들을 것 같았어."

다영의 얼굴은 그때와 마찬가지로 조금 상기되어 있다.

그의 목소리도 그때처럼 가늘게 떨린다.

그러나 그때와는 완연히 다른 모습으로, 편안한 차림을 하고도 완벽을 유지하려는 모습으로, 흐트러진 부분을 남에게 보이지 않으려 안간힘을 쓰는 모습으로 그가 태경 앞에서 아른거린다.

"왜 하필 나인 거냐고 끊임없이 물었어. 처음에는 억지라고 생각했어. 부당하다고 생각했어. 말도 안 되는 말이라고 생각했어. 나는 그런 사람이 아니라고 생각했는데, 절대 그런 사람이 아니라고 생각했는데, 어느 때인가부터 내가 정말 그런 사람이 되어 있는 거야. 말도 안 되는 비난에 딱 맞는 사람이 되어 있다는 사실을 견딜 수가 없었어."

두 사람의 발목에 빗방울이 잘게 튄다. 억수같이 쏟아지는 비에 풀장의 수위는 다시 범람한다. 그런 말을 하면서도 다영은 웃는 낯을 잃지 않으려 하지만 어슷어슷 일그러진 눈은 전혀 웃고 있지 않다.

"그럴 때 쌤이 나한테 그 말을 해줬던 거야. 너 그만둬도 된다고. 여기서 이럴 필요 없다고."

출구가 보이지 않던 터널 속에서 안으로 삼켰던 말들. 미처 말하지 못했던 진심들.

"나한테는 꼭 필요한 말이었거든. 그 말 덕분에 용기를 낼 수 있었어."

마디마디 꾹꾹 눌러 담은 진심이 수년의 시간을 훌쩍 뛰어넘는다. 태경은 다영을 마주 볼 수 없어 끊어질 듯 말 듯 맞잡은 손으로 시선을 떨어뜨린다.

기억은 서로 다르게 새겨져 있고. 무엇도 바로 잡히지 않은 채, 교만과 오해가 부른 다정함이 내내 이어지기를 바라는 마음 아래로, 한참을 놀던 아이가 홀연히 떠나버린 그네처럼 두 사람의 손이 늘어져 있다.

"……지고 싶지가 않았어."

다영이 끊겼던 말을 잇는다.

"스스로에게 지고 싶지 않았던 거야. 그냥, 그랬던 것뿐이야."

중얼거리며 덧붙인 그가 맞잡았던 손을 가만히 풀었다.

통유리창 너머로 인기척이 느껴졌다.

방문이 하나둘씩 열리면서 더없이 익숙한 얼굴들이 거실로 나왔다. 부엌 근처에 잠깐 모인 사람들은 각기 싱크대로, 냉장고로, 식탁으로 흩어졌다. 프라이팬을 꺼내고, 냄비를 꺼내고, 찬거리를 꺼냈다. 정수기에서 물을 받아 쌀을 씻고, 반찬을 접시에 담고, 꽝꽝 얼려두었던 생선을 전자레인지에 넣어 해동시켰다.

더욱 거세진 빗줄기에 무릎께까지 물이 튀었다. 두 사람은 그 자리에 그대로 서서 평소처럼 분주하게 저녁식사를 준비하는 사람들을 말없이 지켜봤다. 이 일상이 곧 끝나게 되리라는 것을 알지 못한 채, 흰 스크린에 비치는 영상을 보듯 사람들을 바라보며, 태경과 다영은 한동안 처마 아래를 떠나지 못했다.

삐따라

PITARA
축자적으로는 '신'. 사망한 다음 화장 의례를 거쳤기에 '해방된' 존재들.

끄둥우로 향하는 방풍림 사잇길에는 군데군데 물이 고여 있었다. 바이크가 젖은 비포장길에 기다란 궤적을 남기며 달렸다. 태경의 눈앞에 해변이 펼쳐졌다. 핸들을 오른쪽으로 꺾어 휑한 주차장에 들어서니 바퀴에 자갈 끌리는 소리만 요란할 뿐, 늘 반기던 이들은 보이지 않았다. 간이상점들은 문을 걸어 닫았고 코코넛열매와 탄산음료가 즐비했던 가판도 텅 비어 있었다.

먼저 도착한 승합차는 방죽 바로 앞에 바다를 등지고 주차되어 있었다. 파인 바퀴 자국을 따라 태경이 바이크를 천천히 몰았다. 승합차 옆에 바이크를 세운 그가 보드를 빼내 들어 트렁크 쪽으로 갔다. 차양처럼 올려둔 트렁크 문 아래, 양반다리를 하고 앉아 담배를 피우던 종민이 뚱한 표정으로 그를 쳐다봤다.

"뭐 하다 늦었냐?"

"비."

보드를 땅에 내려놓은 태경이 통명스레 말했다.

"고양이 밥은?"

"줬어."

"잘 먹디?"

"어."

"얼마 안 남았다. 많이 줘라."

플립플랍 끈 아래로 손가락을 집어넣은 종민이 발등을 긁으며 말했다. 태경은 대꾸 없이 앞으로 걸어갔다. "저 싸가지 하고는……"이라며 구시렁거리는 종민을 뒤에 두고서 방죽 위에 올라서니 흑사장은 빗물을 머금어 더욱 짙은 검정색을 띠었다. 하늘에서 내려온 빛 무더기가 바다 곳곳에 커튼을 만들었고, 커튼 아랫단마다 반짝이는 윤슬은 종잡을 수 없는 바람에 어수선하게 일렁였다.

태경은 손 그늘을 만들어 라인업에 떠 있는 사람들을 내다봤다. 가로로 펴져 파도를 기다리는 그들 뒤로 너울 하나가 기세 좋게 밀려들었다. 바다 위에 둥둥 떠서 자기만의 파도를 기다리던 사람들이 해변 쪽으로 보드를 틀어 패들링을 했다. 포인트브레이크에 다다른 너울이 깨지기 시작하자 피크 근처에 있던 예카와 지호가 피크를 사이에 두고 동시에 테이크오프를 했다. 두 남자가 양옆으로 길을 내는 파도를 하나씩 잡아타고서 좌우로 멀어지는데, 예카가 올라탄 오른쪽 파도가 그를 집어삼킬 듯이 둥글게 말려들었다.

"배럴 따겠는데?"

감아드는 파도 안에 생긴 원통형 공간 속으로 예카가 사라지자 종민이 말했다. 그의 말대로 잠시 후, 예카의 보드 앞머리가 배럴 안에서 삐져나왔다. 자세를 한껏 낮춘 예카는 파도가 배럴을 만들면서 무너뜨리는 속도보다 더 빠른 속도로 질주했다. 날카로운 암초지대를 앞에 두고도 속도를 올리는 바람에 태경은 긴장했으나 아장아장 걸을 때부터 서핑을 했던 현지인 인스트럭터를 걱정할 필요는 없었다. 예카는 뒷부분이 끊임없이 무너져내리는 배럴에서 벗어나기 위해 속도를 계속 높였다. 마침내 원통 속에서 완전히 빠져나오자 파도의 면을 사선으로 가르며 위로 솟구친 그가 공중제비를 돌았다. 레고 인형 정도로 보일 만큼 멀리 있어 제대로 듣지는 못했지만 허공에서 새우처럼 튕긴 허리만으로도 그가 질러대는 소리가 들리는 것만 같았다.

"쌔끼. 잘 타네, 잘 타."

종민이 흐뭇해하면서 착, 착, 하고 라이터 켜는 소리를 냈다.

"얌마."

또다른 담배에 불을 붙인 종민이 태경을 불렀다. 태경이 돌아보자 그가 담배를 쥔 손가락으로 태경의 왼쪽 종아리를 가리켰다.

"한국 가기 전에 그거 리터치 좀 해야겠다."

그 말에 태경은 아래를 쳐다봤다. 좀 전에 비포장길을 넘어오면서 묻은 모양인지, 검댕 같은 구정물을 씻어냈던 자리에 흙탕물이 점점이 튀어 있었다. 헤엄치는 상어 주

위로 기포가 감싼 모양새가 된 타투는 이곳에서 보낸 삼
년이라는 시간을 다시금 일러주는 듯했다.

열흘이었다.

삼년간의 일상이 무너지는 데는 열흘이면 충분했다.

유럽과 미국에서 확진자들이 무더기로 쏟아진다는 뉴
스가 포털사이트에 도배되기 시작한 것은 렘봉안에 갔던
강습생들이 캠프로 돌아온 다음 날부터였다. 복도를 메우
고도 모자라 병원 밖에 나앉은 이탈리아 중환자들의 사진
과 격리된 채 환자 옆에서 죽어가는 영국 의료진의 모습
과 격자로 파헤쳐진 임시 장지에 시신을 집단으로 매장하
는 뉴욕 외곽의 사진 따위가 여과 없이 퍼지면서 해외여
행은 믿기지 않는 속도로 구시대의 유물이 되어갔다.

인도네시아 당국은 아직 확진자가 없다고 발표했으나
누구도 그것을 곧이곧대로 받아들이지 않았다. 이 나라가
보유한 최고의 관광지가 빠르게 폐허로 변해가는 사이, 한
국은 역설적이게도 지구상에서 가장 안전한 나라로 불리
기 시작했다. 방역 모범국가 밖으로 나가려는 사람은 씨

가 말랐고, 발리 해변이 곧 폐쇄될 거라는 소문마저 돌자 민스서프 예약자들은 한명도 남김없이 예약을 취소했다.

옆친 데 덮친 격으로 지난주에는 사이클론 예보도 있었다. 화요일부터 이틀에 걸쳐 올라온 사이클론이 발리섬 서쪽을 강타하고 소멸된 뒤에도 파고는 좀체 낮아지지 않았다. 강습을 할 만한 여건이 아니라 사람들은 캠프에서 시간을 죽였는데, 바다로 나가지 못하는 날이 길어지면서 잠잠하게 지내던 캠프생들 중 일부가 주성을 필두로 불만을 터뜨렸다.

이렇게 멍청히 있을 거면 환불이라도 해달라고 우기는 주성에게도 사정은 있었다. 패닉으로 증시가 폭락하면서 전 재산의 7할이 증발한 그는 지금이라도 사야 한다고, 한주라도 더 사두어야 하루라도 빨리 손실을 복구할 수 있다며 난리를 쳤다. 하지만 종민은 남자가 의리 없이 이러는 거 아니라며, 지금 너만 어려운 줄 아느냐고 외려 그를 윽박질렀다. 주성처럼 가족이나 다름없이 지내던 장기 강습생들이 돌아설 조짐을 보이자 종민은 그나마 비벼볼 만한 해변을 찾아 멀리 있는 포인트까지 캠프생들을 데리고 나갔으나 바다는 야속하리만치 곁을 주지 않았다. 보는 것만으로도 압도되는 성난 바다를 마주하고 나면 불만으로 튀어나왔던 입들은 쏙 들어갔고, 캠프로 돌아오는 승합차 안에는 무거운 침묵만 감돌았다.

멀리서 팔을 젓던 주성이 고개를 번쩍 치켜들었다.

태경은 그가 테이크오프하는 모습을 지켜봤다. 주성은 애처로워 보이기만 하던 때에 비하면 꽤 나아진 실력으로 까넥이 밀어주는 보드 위에 엉거주춤 올라섰다. 다리 간격을 좁게 잡아 삐걱대긴 했어도 그는 파도가 힘을 잃는 지점까지 넘어지지 않고 나아갔다. 오랜만에 바다로 나온 주성은 롱라이딩 한번에 저간의 불만을 깡그리 잊기라도 한 듯, 다음 파도를 잡아타고 다가오는 까넥을 향해 쭉 뻗은 손을 휘휘 흔들었다. 숄더에 다다른 까넥이 그와 하이파이브를 하고는 엄지를 치켜든 채 잔잔해진 파도 뒤로 넘어갔다.

그동안 바다에서 궂은일을 도맡아온 삼형제 중 가장 먼저 캠프를 떠난 사람은 탕키였다. 탕키가 캠프에 마지막으로 들른 것은 지난주 금요일로, 전에 없이 창백한 얼굴이 되어 종민의 방으로 들어간 그는 오랜 시간 그곳에 머물렀다. 결국 종민이 더이상 캠프를 유지하기가 어렵다는 말을 해버렸는지 "No, That's crazy!"라며 언성을 높이는 것이 태경의 방까지 들려왔다. 상황은 절망적이었으나 까덱과 예카는 물론 제 가정과 가문을 책임져야 했던 그에게 좌절은 사치였다. 탕키는 자카르타에 갈 채비를 하면서 그곳에서의 일자리를 백방으로 수소문했다. 하지만 발리만이 아니라 다른 관광지에서도 수입이 끊긴 사람들이 수도로 몰리는 바람에 구직은 녹록지 않았는데, 그건 지호도 다를 바가 없었다.

"너무 많이 들어온대. 와도 자리 없을 거 같다네."

며칠 전, 서귀포의 형들과 통화를 마친 지호가 헛헛하게 웃으며 말했다. 그러니까 이제는 누가 먼저 닫느냐, 늦게 닫느냐의 차이만 남았을 뿐이었다. 붐을 타고 난립했던 발리의 한인 서핑숍이 대거 폐업할 위기에 처하면서 이곳 강사들은 한국에서의 일자리를 물색해야 했다. 발빠르게 움직이지 못한 사람들은 대기라도 걸어둬야 할 판이었지만 지호는 만사가 귀찮다는 듯이 빈백에 퍼질러 앉아 귓바퀴를 긁었다.

"별수 있나. 삼촌 농장에서 귤이나 따야지. 누나도 나중에 놀러 와. 귤은 내가 열 박스도 넘게 줄 수 있다."

예카와 반대 방향으로 끝없이 멀어졌던 지호는 어느덧 라인업으로 돌아와 있었다. 다음 파도를 고르며 너울 위를 넘실거리던 그가 어딘가를 향해 이리 오라는 식으로 손을 움직였다. 조류를 느끼지 못한 채 오른쪽으로 떠내려간 다영을 부르는 손짓이었다. 넋을 놓고서 먼바다를 바라보던 다영이 멀리서 부르는 지호를 보고는 보드에 엎드려 팔을 저었다.

그날 이후, 태경은 다영과 크게 마주칠 일이 없었다. 우연히 마주치더라도 데면데면하게 지나치기만 했으므로 실은 서로를 피해왔다는 게 더 정확한 진술이었다.

예기치 않게 너무 많은 것들을 꺼내 보인 두 사람이었다. 한번 들추어버리고 나면 돌이킬 수 없이 멀어져버리는 것도 어쩔 수 없는 사람의 마음이었다. 더군다나 다영이 인플루언서 활동을 중단하면서 둘을 한자리로 모으곤 했던 늦은 밤도 더는 유효하지 않게 됐다.

다영이 렘봉안에서 찍은 영상을 편집해 업로드했던 지난 수요일, 그의 인스타그램 계정에는 며칠 전과는 비교도 되지 않을 만큼 많은 양의 악플이 마구잡이로 달렸다. 짐작으로만 생각했던 바는 사실이었다. 다영의 계정은 실제로 좌표가 찍혀 있었다. 세계를 공포로 몰아넣는 뉴스가 인터넷을 뒤덮는 동안 전례 없는 불안감에 잠식된 사람들은 오갈 데 없는 분노를 생뚱맞은 곳에 쏟아냈다. 화력이 강하기로 소문난 온라인 커뮤니티에 올라온 글은 '이 시국에 외국이나 싸돌아다니는' 유명인 몇명을 특정해 저격했다. 기사 형태의 글로 가십을 유포하는 유사언론과 그보다 더 노골적인 방식으로 조회수를 늘리려는 사이버레커가 달라붙으면서 다영의 게시물에도 천여개가 넘는 악플이 달렸는데, 그중 '좋아요'를 제일 많이 받아 맨 윗줄에 고정된 악플은 유명세로 먹고사는 사람이 자중할 줄 모른다는 식으로 짐짓 이성적인 체까지 하고 있었다.

"이거, 이거, 조류가 센데⋯⋯"

방죽 위로 올라온 종민이 태경 옆에 쪼그려 앉으며 말

했다. 거세진 해풍에 구름이 육지로 밀려왔다. 햇볕이 바다를 뜨겁게 내리쬐면서 더욱 또렷이 보이는 물결은 고르지 못하게 일렁이며 오른쪽으로 이동했다. 두 팔을 위로 뻗은 종민이 해병대식 박수를 치는 것처럼 양 손바닥을 거듭 가운데로 모았다. 지금 위치를 벗어나지 말라는 수신호를 먼저 알아차린 예카가 주변을 둘러보며 무어라 소리쳤다. 보드에 앉아 있던 사람들이 하나둘씩 엎드려 조류 반대 방향으로 패들링을 했다.

"그래도 마지막이니까. 탈 수 있을 때까진 타봐야지."

혼잣말을 한 종민이 담배를 뻐끔 피웠다.

외따로 떨어진 민트색 보드가 반짝이는 바다를 가로질렀다. 계정을 비활성화한 뒤로 며칠간 두문불출하는 바람에 다영은 모두의 걱정을 샀지만, 맨몸으로 조류를 거스르며 사람들이 있는 데까지 나아가는 그의 모습은 어째서인지 홀가분해 보이는 구석마저 있었다. 그를 바라보는 태경의 머릿속에 지난 일들이 한바탕 꿈처럼 스쳐 지나가는데 종민이 뿜어낸 담배 연기가 눈앞을 가렸다가 흩어졌다.

"너 생각해봤냐? 창섭이네 숍에서 일하는 거."

종민이 담배 끝을 툭, 털어내면서 말했다.

"……생각 중이야."

"빨리 결정해. 거기도 일하고 싶다는 애들 차고 넘친다."

종민이 퉁겨낸 꽁초가 바닷바람에 휘어들어 자갈밭에 떨어졌다. 눈살을 찌푸린 태경이 흩날리는 머리카락을 쓸어 넘겼다. 재촉하는 말과 함께, 보이지 않는 곳으로 치워두었던 현실이 고개를 들었다. 먼 곳에서 유연하게 패들링을 하는 이를 보면서 감상에 젖는 일이야 어찌할 도리가 없다 할지라도 지금으로서는 자신이 누군가를 걱정할 계제가 아니었다.

돌아가서 어떻게 살 것인가 하고 물어봐야 답이 나올리 없었다. 태경은 돌아갈 준비가 되어 있지 않았다. 돌아갈 거라는 생각을 해본 적도 없었다. 당장 돌아가서 지낼 곳부터 마땅치 않았다. 그에게는 이제 이곳이 삶의 터전이었다. 겨우 내리려는 뿌리가 이렇게 통째로 뽑혀 나가리라고는 상상조차 해보지 못했다. 그럼에도 살기 위해서는 돌아가야만 했다. 돌아가서는 무슨 일이든 해야만 할 것이고, 막상 닥치면 어떤 일이든 잘해내리라는 것도 알았지만 정확히 같은 이유로 태경은 어떤 선택지에도 선뜻 마음이 가지 않았다. 수없이 많은 선택지 앞에 선 인간이 그저 하나의 가능성에 불과할 때, 선택은 공허한 단어 이상이 되지 못했다.

"허……하네."

태경 옆에서 중얼거린 종민이 무릎을 짚으며 몸을 일으켰다. 기지개를 켠 그가 "그래도 인마!" 하고 기합을 넣어 말했다.

"이 오라비가 맨땅에서 시작했잖냐! 까짓것 다시 맨땅에 부딪혀보는 거지, 어? 내가 빤쓰 한장 들고 호주 가서 서핑 일 배웠을 때가 딱 네 나이였는데 말이야……"

종민이 옛날 타령을 늘어놓으려 하자 태경이 코웃음으로 말을 잘랐다.

"웃기고 자빠졌네. 아저씨, 허세도 병이에요. 좀 작작 부려."

쏘아붙인 태경이 뒤돌아서서 방죽 아래로 내려갔다. 불의의 일격을 당한 종민은 제가 생각해도 어처구니가 없었는지 혼자서 낄낄 웃어댔다. 승합차 미닫이문을 열어젖힌 태경이 민소매와 반바지를 벗어 차 안에 던져 넣었다. 카시트에 굴러다니는 징크 하나를 꺼내 얼굴에 펴 바른 그가 어떤 의식을 치르듯 징크가 덕지덕지 묻은 손으로 흉터를 매만졌다. 그러고서 땅에 내려두었던 보드를 집어 들어 옆구리에 꼈다.

"오늘 내가 사장님 모가지 딸 거니까 간수 잘하셔!"

태경이 돌계단을 따라 흑사장으로 내려가면서 소리쳤다.

"아, 예. 그러시든가요."

방죽 위에서 종민이 한가롭게 대꾸하며 티셔츠를 끌어올렸다.

태경의 발바닥에 검은 모래가 서걱서걱 밟혔다. 쇼어브레이크가 물 아래로 이어진 모래를 파헤치면서 시커멓게 철썩였다. 태경은 뭍에 닿는 바닷물을 잡아채 심장 부근부터 몸을 적셨다. 자잘한 기포로 밀려드는 얕은 물결을 헤치며 그가 물속으로 뚜벅뚜벅 걸어 들어갔다. 발목과 종아리와 허벅지가 차례로 잠겨들고 나니 몸이 후덥게 달아올랐다.

차디찬 외기에 길항하는 뜨거운 피. 그것은 자신이 살아 있다는 사실을 무엇보다도 강렬하게 확인시켜주는 것이었다. 가슴께까지 물에 잠기자 또다른 쇼어브레이크가 태경 앞으로 맹렬히 다가왔다. 부글부글하는 포말이 충분히 가까워질 때까지 기다린 태경은 옆에 띄워둔 보드를 잡고서 땅을 박찼다. 부력을 받아 풀쩍 뛰어오른 몸통 밑으로 파도를 지나보내고 나니, 어느새 물속으로 들어온 종민도 같은 파도를 뛰어 넘어와 태경 옆에 섰다. 찰랑이는 물결 위에 꼿꼿이 선 둘은 파도가 잠잠해졌을 때를 놓치지 않고 각자의 보드 위에 엎드렸다. 힘차게 팔을 저은 그들이 이안류에 올라타자마자 그들 옆으로 높은 파도가 연달아 들이쳤다. 바다로 회돌아나가는 물 위에 탑승한 두 사람은 사납게 부서지는 쇼어브레이크를 뒤로한 채 육지로부터 표표히 멀어져갔다.

출렁이는 물결 탓에 좌우로 흔들리는 보드를 제어하면서 앞으로 나아가니 사람들의 목소리가 차츰 구체적으로 들려왔다. 큼지막하게 밀려든 너울로 인해 솟아오른 라인업에서 지호가 호기로이 테이크오프를 시도했다. 하지만 파도는 너무 빨리 닫혔고, 지호는 쏟아지는 물 더미에 갇힌 채 유쾌한 비명을 내지르며 고꾸라졌다. 파도가 지나갈 동안 잠수를 하다 수면 위로 튀어나온 그가 태경과 종민을 발견하고는 손을 흔들었다. 보드를 되찾은 지호는 파도가 치는 구역에서 재빨리 빠져나와 두 사람이 패들링을 하고 있는 이안류의 후미에 따라붙었다.

"이제 왔어?"

지호의 말에 뒤를 돌아본 태경이 손바닥을 들어 보였다. 눈인사를 나누는 그들을 향해 다음 파도를 잡아탄 까덱이 손가락 총을 쏘며 돌진해 왔다. 개구진 얼굴로 세 사람의 코앞까지 다가온 그가 보드를 반대편으로 팩, 틀어 스프레이를 흠씬 뿌려댔다.

"Yo! Welcome to the party!"

거하게 환영사를 건넨 까덱이 풀아웃을 하고서 보드에 앉자 종민이 얼굴을 훔치며 "야! 너 땜에 다 젖었잖아!"라고 허튼소리를 했다. 종민은 까덱을 향해 장풍을 쏘듯 팔을 뻗쳐 물을 날렸으나 오뚝이처럼 물을 피한 까덱은 부러 배를 부여잡고 껄껄대면서 약을 올렸다.

"여어!"

조류를 거스르느라 쉼 없이 어깨를 돌리던 사람들이 라인업으로 들어오는 이들을 보며 팔을 흔들었다. 지친 기색이 역력했음에도 웃는 낯으로 반기는 사람들을 보자 태경의 입꼬리도 슬며시 올라갔다. 해변에서 수백 미터 떨어진 이곳의 수심이 얼마나 될지는 누구도 알지 못했다. 각자의 보드에만 의지한 채, 아무런 두려움 없이 칠흑 같은 물 위를 출렁이는 사람들의 해맑은 표정이 태경 눈에 선명히 박혀들었다.

"파도 옵니다!"

지호가 외치고는 먼바다 쪽으로 패들링을 했다. 문자 그대로 집채만 한 너울이 10여 미터 앞에서 다가오고 있었다. 파도를 잡으려고 등을 돌린 사람들을 제외한 나머지는 지호처럼 너울을 향해 보드를 틀었다. 애초에 인간이 어떻게 저런 것을 탈 생각을 했을까, 싶을 만치 거대한 너울을 보면서 태경도 여유롭게 팔을 저었다.

다가온 너울에 보드 앞머리가 고개를 들자 태경이 강하게 어깨를 돌렸다. 물이 만든 언덕을 두 팔로 기어올라갈

때의 경이로운 감각은 아무리 반복해도 질리지가 않았다. 포인트브레이크에 닿은 너울의 경사가 급격히 가팔라졌다. 태경은 예각으로 선 보드 위에서 자유형을 하는 것처럼 스트로크를 치며 발장구로 힘을 보탰다.

뒤로 넘어갈 듯 넘어가지 않는 보드를 타고 물 더미가 만든 절벽 꼭대기에 오르니 새하얀 솜털처럼 빛을 발하는 구름의 가장자리가 시선을 훔쳤다. 쏟아지는 햇살에 눈을 찡그릴 겨를도 없이 변곡점을 지난 보드가 앞머리부터 아래로 뚝 떨어졌다. 착륙하는 비행기 안에서 내장이 쏠리는 것과 똑같은 느낌을 받으며 안전지대로 쑤욱 내려간 태경이 보드에 앉아 뒤를 돌아봤다. 높이 솟은 물에 가려 파도의 주인이 누군지는 보이지 않았으나 물소리를 뚫고 들려오는 환호성은 분명 누군가가 파도 위에 올라섰음을 일러주고 있었다.

옆으로 길을 길게 내면서 있는 힘껏 사람을 밀어주는 파도는 열대성 저기압과 적도 해류가 어우러지는 곳에서만 누릴 수 있는 특권이었다. 한동안 만나지 못하게 될 남국의 파도가 태경 앞에서 거침없이 멀어져갔다. 언제쯤이면 이곳으로 되돌아올 수 있을까, 하고 태경은 생각했다. 아마도 몇달, 어쩌면 일년, 혹은 그 이상이 될지도 몰랐다. 그것이 언제가 되었건, 언제가 될지 모르는 미래는 태경에게 너무 까마득한 시간이었다.

"아이씨! 어깨 끊어지겠네!"

마지막으로 너울을 넘어온 주성이 퍼렇게 질린 얼굴로 앓는 소리를 했다. 조류를 거슬러 옆으로 가랴, 너울이 오면 너울을 넘으랴 끊임없이 팔을 저어댄 그는 수면을 스치듯 건성으로 패들링을 했다. 뒤뚱뒤뚱 팔을 젓는 시늉만 하는 그를 본 종민이 먼바다로 고개를 돌려 다음 너울을 내다봤다.

"다들 정신 차리고. 못 버티겠는 사람은 다음 거 타고 밖으로 나간다."

둔각으로 가까워지는 너울을 지켜보면서 종민이 말했다.

"오케이! 나 퇴근할게!"

주성이 그 말만 기다렸다는 듯이 보드 앞머리를 해변 쪽으로 냉큼 돌렸다. 말랑말랑한 너울이 점점 가까워오자 아쉬움에 입맛을 다시던 두어명도 주성처럼 너울을 등진 채로 보드에 엎드렸다.

"다들 고생 많으셨습니다!"

보드에 앉아 거수경례로 배웅을 하는 지호의 몸이 낮게 들어오는 너울을 타고 위로 솟구쳤다. 그 옆에서 자잘하게 깨지기 시작한 파도가 퇴수를 준비하면서 엎드리고 있던 사람들의 발끝에 닿았다. 주성은 남아 있는 힘을 모조리 끌어모으듯 "합! 합!" 하고 입소리를 내며 두 팔을 동시에 휘저었다. 슬그머니 밀어주는 파도에 그대로 몸을 맡긴 주성은 슈퍼히어로물의 주인공이라도 된 양 보드에 엎드린 채 두 팔을 양옆으로 뻗쳤다. 활강을 하는 것처럼 날개를 편 그가 "와하하하!" 하고 법석을 떨어대며 쏜살같이 멀어지는 모습에 라인업에 남아 있던 사람들도 웃음을 터뜨렸다. 일렁이는 물결 위에서 여러명이 내는 웃음소리가 울려 퍼졌고, 광기 어린 퇴근 라이딩을 보며 실소를 터뜨린 태경도 곧 다른 사람들처럼 소리 내어 웃기 시작했다.

오랫동안 찾지 못했던 웃음이었다. 저마다의 보드에 엎드려 함께 흔들리는 이들이 곁에 있기에 가능한 웃음이었다. 발이 땅에 닿지 않는 이곳이었기에 모든 것을 내려놓은 듯이 무턱대고 웃을 수 있는지도 몰랐다. 허리를 뒤로 젖혀가며 눈물이 찔끔 맺히도록 웃어대던 태경이 가슴을 활짝 폈다.

짠내가 물씬 풍기는 바닷바람을 한껏 들이켜자 부풀어오른 몸통 속에서 지금 당장,이라는 말이 떠올랐다. 기약 없는 미래에 희망을 걸기보다는 지금 당장, 날아오르고 싶다는 갈망이 태경을 사로잡았다. 마지막으로, 단 한번이라도, 태경은 자신이 만족할 수 있을 만큼 높이 뛰어올라 허공을 갈라보고 싶었다.

"Look at them! They are dancing!"

예카가 육지를 향해 손가락질을 하며 깔깔거렸다. 쇼어브레이크를 무사히 넘어 흑사장에 발을 디딘 이들이 라인업에 있는 사람들을 향해 몸을 흔들어댔다. 창사특집 다큐멘터리에나 나올 법한 정체 모를 몸짓에 사람들의 웃음소리가 점점 높아졌으나 뭍에 닿은 그들이 혼신의 힘을 다해 팔을 내던지며 어딘가를 가리키고 있다는 것을 하나둘 눈치채면서 시끌벅적하던 소리가 서서히 잦아들어갔다.

"쟤…… 뭐냐?"

그들의 몸짓을 따라 고개를 오른쪽으로 돌린 종민이 황당하다는 투로 중얼거렸다. 라인업에서 자리를 지키던 사람들이 웃고 떠드는 사이, 이리로 다가오고 있는 줄로만 알았던 다영은 거세진 조류에 밀려 화산석들이 고개를 뾰족이 내민 곳까지 다시 떠내려가 있었다. 지칠 대로 지쳤는지 제대로 움직이지도 못하는 팔을 무용하게 어기적거리는 그를 향해 종민이 손을 확성기처럼 모아 목에 핏대를 세웠다.

"야! 민다! 나가! 밖으로 나가라고!"

종민뿐만이 아니었다. 라인업에서 위치를 지키고 있던 사람들이 너 나 할 것 없이 고함을 치며 다영을 부르는데, 맨 뒤에 있던 까덱이 "Outside!"라고 외치고는 먼바다 쪽으로 보드를 틀었다. 팔다리로 물장구를 치면서 부리나케 내달리는 까덱 앞으로 경사면을 바짝 세운 너울이 다가오고 있었다. 못해도 사람 키의 두세배는 족히 될 너울에 본능적으로 보드를 돌리면서도 사람들은 다영에게서 눈을 떼지 못한 채 목이 터져라 외쳐댔다.

"어이, 민다! 보드 버려!"

"누가 좀 말려봐! 저거 못 타!"

"아니, 저 누나가 또 저러네!"

너울을 향해 팔을 젓던 지호가 답답해하며 수면을 팍, 내리쳤다. 라인업에 있는 사람들처럼 뒤를 돌아본 다영이 보드를 무작정 돌려 너울을 등지는 것을 보았기 때문이었다. 거대한 그림자를 드리우며 다가오는 파도를 탈 수 있다고 믿는 건지, 탈진한 몸을 피할 곳이 앞쪽뿐이라 그러는 건지 알 길이 없었다. 그러나 어떠한 이유에서건 명백히 잘못된 판단이었다. 시커멓게 밀려드는 물 무더기를 앞에 두고 이러지도 저러지도 못한 채 소리만 질러대는 사람들 사이에서 태경이 불쑥 보드를 돌렸다.

"야! 어디 가!"

오른편으로 멀어지는 태경의 뒤에다 대고 종민이 소리쳤다. 종민의 경고를 무시한 태경은 세차게 흐르는 조류에 올라타 사력을 다해 패들링을 했다. 한 방향으로 흐르는 물길에 사람의 힘이 더해졌다. 가속이 붙자 불규칙적으로 출렁거리는 수면 탓에 보드가 주체하지 못할 정도로 흔들렸다. 태경은 속도를 줄이기는커녕 더욱 빠르게 어깨를 돌렸다. 파도를 잡아탄 것과 진배없는 속도로 암초지대를 향해 나아가는 태경 뒤에서 파도 깨지는 소리가 들려왔다. 수면을 파닥파닥 치면서 보드를 경사면에 꽂아넣는 소리와 쏟아지는 물벼락이 만드는 뇌우 같은 굉음, 파도를 피하지 못한 사람들의 비명 따위가 연이어 태경의 귓전을 때렸다. 태경 옆으로도 밀려드는 너울이 주변 시야에 포착되기 무섭게 보드가 왼쪽으로 기우뚱거렸다. 경륜 경기장의 선수처럼 비스듬히 기운 채 무지막지한 속도로 다가가는 자신과, 그 뒤에서 벌어지고 있는 난리를 보며 사색이 된 다영의 표정이 고스란히 읽히려는 찰나, 다영이 온갖 방향에서 밀려드는 위협으로부터 도망치려는 듯 다급하게 팔을 저으며 고개를 치켜들었다.

"안 돼!"

팔을 두세번만 더 저으면 닿을 만큼 가까워진 다영이 가장 가서는 안 될 방향으로 멀어지려 하자 태경이 소리를 질렀다. 멈칫거리는 다영과 충돌하지 않기 위해 태경은 슬라이딩을 하듯이 경사면을 사선으로 갈랐다. 미끄러져 올라가던 그가 다영의 발목 뒤로 늘어진 리쉬를 잡아챘다. 한 손으로 리쉬를 끌어당긴 태경은 다른 한쪽 팔을 저으며 발장구를 쳤다. 다영을 이끌고 너울을 넘어가려는 심산이었다.

그러나 곧이어 다영의 리쉬가 팽팽해졌고, 그것을 붙집고 있던 태경이 "악!" 하고 외마디 비명을 내질렀다. 파열됐을 때와 같은 수준의 고통이 손목에서 일었다. 통증은 순식간에 온몸으로 퍼졌다. 가까스로 잡았던 끈을 놓친 태경 옆으로 미처 다 오르지 못한 너울이 하얀 이빨을 드러냈다. 파도에 휘말릴 것을 직감한 순간, 갈고리처럼 위로 말려 올라가는 물 더미에 태경의 몸이 휩쓸렸다. 물 안에 갇혀 허공으로 솟구친 태경이 머리를 감싸며 몸을 둥글게 말았다. 파도가 아래로 휘감기며 태경을 수면에다 내다꽂았다. 물살을 따라 수면 아래로 급전직하한 태경의 움츠린 몸이 바닷물 속에서 팽이처럼 핑글핑글 돌았다. 구역질이 날 만큼 통돌이를 당하다 회전력이 줄어들 즈음, 머리 위를 휩쓸고 간 포말이 태경의 보드를 잡아당겼다. 보드에 연결된 리쉬를 따라 발목이 끌려가면서 그의 몸도 무방비하게 딸려갔다.

수면이 가까워지고 있었지만 통증과 두려움 탓에 호흡은 더욱 빨리 가빠왔다. 정신이 몽롱해지는 가운데 홉뜬 눈앞으로 하얀빛이 잘랑거리며 비쳐들었다. 파도에 말려들기 직전, 물이 만든 거대한 원통 사이로 보았던 둥근 빛처럼 흐릿한 시야를 희뿌옇게 가리는 듯했다. 태경은 그 빛 가운데서 보드를 단단히 짚고 선 두 발을 본 것만 같았다. 그럴 리가 없음에도 태경은 자신이 얼핏 보았던 두 발이 환영이 아니기를 바랐다. 다영이 비로소 해냈기를, 더는 파도가 몰아치지 않는 곳으로 하염없이 멀어졌기를 간절하게 바랐다.

파, 하고 태경이 숨을 내쉬었다.

수면으로 떠오르면서 튀긴 물방울이 사방으로 흩어졌다. 곁에 있는 보드에 올라탄 태경이 젖은 얼굴을 비비며 주위를 돌아봤다. 눈에 확 띄는 민트색 보드가 검은 바위 틈에 끼인 채로 물결에 흔들렸다. 둔탁한 소리를 내면서 바위를 찧어대는 보드로부터 4~5미터 가량 떨어진 지점에 다영이 새하얗게 질린 얼굴로 허우적대고 있었다.

태경은 지체 없이 다영이 있는 쪽으로 팔을 저었다. 리쉬가 풀려버린 다영은 겁에 질려 두 팔을 마구 내둘렀다. 몸부림이 격렬해질수록 호흡이 빨라졌다. 숨을 헐떡이는 그를 향해 태경이 다가가는데 그들을 집어삼켰던 파도만 한 너울이 멀리서부터 또다시 밀려오기 시작했다.

"다영!"

다영의 팔을 붙잡아 끌어올린 태경이 보드 앞부분에 그의 상체를 누였다. 다영은 핏기가 가신 얼굴로 태경을 마주 보면서 눈을 희번덕였다. 꺽꺽거리며 기도가 좁아진 소리를 내던 그가 가슴을 부여잡고서 거친 숨을 몰아쉬었다. 작렬하듯이 터져나온 숨과 함께 말간 콧물과 눈물이 쏟아져나왔다. 다영이 컥컥대면서 숨을 고르자 파래졌던 입술에 혈색이 돌기 시작했다. 태경은 한때 죽음의 공포를 느끼게 했던 그의 얼굴을 똑바로 내려다봤다. 그리고는 자기 발목에서 리쉬의 벨크로를 풀어 다영의 발목에 감았다. 그의 발목을 두드리며 단단히 채워진 것을 확인한 태경이 보드에서 내려왔다.

"이따 신호 보내면,"

다영을 보드 위에 앉힌 태경이 두 사람 앞으로 밀려드는 너울을 바라보면서 말했다.

"보드에서 뛰어내려요. 오케이?"

물 위에 둥둥 뜬 태경이 머리를 감싸는 시늉을 했다. 다영은 쉼 없이 기침을 내뱉으면서도 태경에게서 눈을 떼지 않은 채 고개를 연방 끄덕였다. 너울 아랫단이 그들 몸에 닿았다. 태경은 보드 꼬리를 붙잡고는 있는 힘을 다해 암초지대 반대 방향으로 보드를 밀었다. 손목이 끊어지는 듯한 통증이 밀려왔으나 이를 꽉 깨문 태경은 다영이 충분히 멀어질 때까지 지켜보다 오른팔을 아래로 내리며 소리쳤다.

"잠수!"

태경의 외침에 보드를 딛고 선 다영이 다이빙을 하듯 물 아래로 풀쩍 빠져들었다. 그와 동시에 태경이 두 팔을 머리 위로 쭉 뻗었다. 덮쳐오는 너울 아래로 그가 제 몸을 꽂아 넣었다. 요동치는 물살이 태경을 감싸며 스쳐갔다. 의지할 구석 하나 없이 맨몸으로 덕다이브를 하는 태경의 귓가가 먹먹해졌다. 웅, 하는 소리를 내면서 세차게 흐르는 검푸른 물결 속에서 태경은 언제인가 다영이 중얼거렸던 말을 생각했다.

지고 싶지 않다는 말.

스스로에게 지고 싶지 않았다는 말.

태경은 이제 그 말이 무슨 뜻인지 안다. 우리의 오해가 비록 영원할지라도, 앞으로도 내내 서로를 이해하지 못할지라도, 우리가 이곳에서 함께였다는 사실만큼은 진실이니까. 그것은 결코 변하지 않을 사실이었다. 태경의 홉뜬 눈 위로 하얀 포말이 끓는 소리를 내면서 지나갔다. 산산이 깨진 빛이 폭죽에서 뿜어져 나온 종잇조각처럼 점점이 일렁였다. 거센 물살이 태경의 귀를 스쳐 지나갔다.

누구도 우리의 자리가 어디에 있는지 말해주지 않는다. 우연에 몸을 맡긴 채 바다에 떠 있으면, 그제야 우리는 내가 누구인지를 묻게 된다. 파도는 지면서도 지지 않는 법을, 그렇게 그것을 그저 타는 법을 가르쳐준다. 출렁이는 바다 위에서 우리는 단지 하나의 가능성일 뿐이므로.

이 파도를 지나 물 위로 솟아오르면 태경은 거침없이

팔다리를 움직여 다영에게로 갈 것이다. 묵묵하게 헤엄쳐 그를 구하고, 스스로를 구할 것이다. 설령 또 실패한다고 하더라도 태경은 몇번이고 다시 덕다이브를 할 것이다. 태경은 곧 다영에게 가닿으리라 생각하지만 어떻게 될지는 오직 자연만이 알고 있다. 수면 위로 향하는 지금, 태경이 속으로 되뇌는 것은 단 한가지 바람이다.

너무 늦지 않기를 바라는 마음.

온몸을 하나의 마음에 집중하면서 태경이 고개를 치켜들었다.

참고한 내용과
약간의 덧붙임

1

서울 중랑구에 위치한 서울의료원 안뜰에는 사시사철
지지 않는 파란 카네이션이 있다. 한 사람을 상징하듯 사
람 키만큼 높은 그 카네이션을 받치는 것은 각진 화강암
반석(磐石). 반석 한면에는 태경과 다영의 나이대와 엇비
슷할 여성의 얼굴이 새겨져 있다. 2019년 1월 4일, "조문도
우리 병원 사람들은 안 왔으면 좋겠어"라는 문장이 담긴
유서를 남기고 사망한 서지윤 간호사의 얼굴이다.

서울의료원과 같은 공공병원이 아닌 탓인지 추모비
는 세워지지 못했지만 2월 15일이 되면 서울아산병원으

로 연결되는 성내천 다리는 보라색 리본 물결에 휩싸인
다. 올해도 그곳 난간을 수놓은 보랏빛 리본은 "故박선욱
간호사를 기억하시나요?"라고 묻고 있었다. 서울아산병
원에 재직했던 박선욱 간호사는 서 간호사보다 한해 앞선
2018년 2월 15일, 서 간호사와 같은 이유로 세상을 떠났다.
두 사람의 죽음 이후 많은 의료인들이 "나도 너였다"라고
조용히 외치며 공감과 슬픔과 분노를 나누었으나 그로부
터 또 수년이 흐른 지금, 병원은, 그리고 세상은 얼마나 나
아졌는지, 혹은 더 나빠졌는지 모를 일이다.

2

  학생 때부터 지금까지 대여섯군데의 의료기관을 거쳤
다. 정도의 차이가 있을 뿐 '태움'은 어디에나 있었고 그
것은 간호사에 국한된 문제만은 아니었다. 남자 인턴의
정강이를 걷어차 넘어뜨리던 남자 레지던트의 일그러진
얼굴. 여자 전공의가 실신할 때까지 욕을 퍼붓던 여자 교
수의 성난 음성. 나는 여전히 그런 것들을 생생하게 기억

한다. 저기서 벌어졌던 일들이 여기서도 벌어지고 옛일인 줄로만 여겼던 일들이 지금도 일어난다. 끝없이 이어져온 이 모멸의 행렬은 '끝없이 이어진다'는 사실 자체로 가해자 개인의 일탈이 아닌 시스템에 의해 재생산되고 있음을 증명한다.

산업보건을 생업으로 삼은 뒤로 병원 안의 사람들보다 밖에 있는 사람들을 더 많이 만나왔다. 서로 다른 직종에서 저마다의 일을 하다 바로 그 일 때문에 아프게 된 사람들 말이다. 몸이 아파서 만난 사람들이 대부분이었지만 마음이 아파서 오는 이들도 적지 않았다. 일터가 지옥이 된 그들을 보면서 알게 된 것은 태움이 특정 직종에 한정된, 특수한 형태의 괴롭힘이나 과로 종용만은 아니라는 점이다.

흔히 태움은 의료인들 사이의 은어, 즉 명백한 폭력을 헌신과 희생, 사명감으로 정당화하는 언어로 여겨진다. 그런데 이 시대를 살아가는 우리의 헌신과 희생, 사명감 따위가 어디를 향하는지를 곱씹다보면 우리에게 '숭고한 가치'는 이제 지대수익과 불로소득과 과포장된 자아 같은 것들이 아닌가 싶어지고, 그것을 위해 스스로를 기꺼이 갈아 넣는 우리 자신의 모습을 보다보면 태움이란 실상 자본이 인간을 통치하는 새로운 방식을 기민하게 포착한 하나의 징후가 아닌가, 하는 생각이 든다. 외부에 있던 발화점을 우리 내부로 옮겨버리는 아주 산뜻한 방식 말이다.

3

2020년 초에 이 소설을 구상하기 시작하면서 가장 먼저 떠올린 두권의 책이 있다. 하나는 류은숙, 서선영, 이종희가 쓴 『**일터괴롭힘, 사냥감이 된 사람들: 괴롭힘은 어떻게 일터를 지배하는가**』(코난북스 2016)이고, 다른 하나는 이졸데 카림이 쓴 『**나와 타자들: 우리는 어떻게 타자를 혐오하면서 변화를 거부하는가**』(이승희 옮김, 민음사 2019)이다.

전자는 '일터괴롭힘'의 정의부터 심리적 테러의 사례, 괴롭힘이 수용되고 관용되는 이유와 일터 내의 폭력이 유발하는 감정, 피해자성의 문제 등을 망라했다. 그중에서도 일터괴롭힘이라는 폭력이 피해자가 아닌 목격자, 혹은 방관자에게 미치는 영향을 서술하는 부분은 이 소설의 초점화자를 누구로 할지 고민하던 내게 어떤 확신을 주었다.

"목격자는 피해자가 겪는 고통의 많은 부분을 비슷하게 겪는다. 자기도 당할까 봐 두려워 피해자를 지지하거나 돕지 못한다. 나쁘게는 괴롭힘 행위에 동조자가 된다. 이 과정에서 목격자, 동조자인 노동자의 존엄성도 훼손된다. 집단 괴롭힘에 동조한다는 것은 개인성이 집단에 굴복한다는 뜻이기 때문이다. '하나의' 목소리에 굴복하는 것은 '공유성'과는 다르다. 자신의 표현의 자유를 포기하는 것이고, 자신의 열정을 어떤 사람을 제거하고 파괴하려는 집단 행위에 바치는 것이다. 괴롭힘으로 노동자들은 편이 갈린다. 가해자, 피해자, 동조자, 방관자 중 한 자리에 서게 된다. 그런데 '편'은 언제든지 갈릴 수 있고 변할 수 있다. 이런 상황에서 방관자들은 믿을 건 오직 자기밖에 없는 세계로 물러서게 된다." (123면)

믿을 건 오직 자기밖에 없는 세계. 오랫동안 이 구절에 눈이 머물렀는데, 나는 이것이 이쫄데 카림이 『나와 타자들』에서 '3세대 개인주의'라고 진단한 오늘날의 정치·문화적 특성과 조응한다고 생각했다. 카림에 따르면 국가, 민족, 계급 등이 개인의 정체성을 규정했던 1세대 개인주의의 시대를 지나 차이를 인정받기 위해 서로 다른 정체성을 전면에 내세워 투쟁했던 2세대 개인주의의 개인들은 이제 통제가 불가능할 정도로 심화된 불확실성에 노출된 채로 살아가야 한다. 즉, 누구도 내가 누구인지를 대답해주지 않는 사회에서 우연이라는 요소는 우리 삶의 요체가 된다. 이로 인해 역설적이게도 우리는 우리의 자리가 어디인지를 끊임없이 확인해야 한다. 외부의 기준이 부재하므로 자신의 정체성을 보증해줄 수 있는 것은 자신밖에 없으나, 같은 이유로 스스로를 표준이나 정상으로 단언하지도 못한다. 카림의 표현대로라면 '단지 하나의 가능성'으로 존재할 뿐이다.

이 책을 몇번이고 다시 읽으면서 소설에 중요하게 등장하게 될 심상 하나를 처음으로 떠올렸다. 그것은 자기만의 파도를 기다리며 라인업 위에 떠 있는 서퍼들이었다. 은유

보다는 직유에 가깝게, 우연과 불확실성에 내던져진 개인들을 닮은 그 이미지는 이 소설의 또다른 시작점이었다.

여전히 만년 초보이긴 하지만 팬데믹 이전까지는 발리에 가서 서핑하는 것을 즐겼다. 소설에서 어떤 생생함이 느껴졌다면 못해도 10리터는 족히 들이켰을 그곳의 바닷물 덕분이다. 서핑이 '자유'와 동의어이기보다는 새로운 방식의 노동에 대한 은유가 될 수 있겠다는 착상을 한 것도, '한인 서핑캠프'라는 장소가 '자유롭게 살아가는 사람들의 공동체'인 동시에 '국외자가 되어서도 자신을 갈아넣으며 노동하는 한국인들의 일터'를 의미할 수 있겠다고 생각한 것도 그곳을 오가며 느꼈던 양가적인 감정들 때문인지 모른다.

본고에 등장하는 서핑 용어와 규칙 등은 실제 교보재로 널리 쓰이는 존 로비슨의 『**서핑 일러스트: 그림으로 배우는 서핑**』(송창훈 옮김, 글과바다 2017)을 기준으로 했다. 윌리엄 피네건의 『**바바리안 데이즈: 바다가 사랑한 서퍼 이야기**』(박현주 옮김, 알마 2018)에 담긴 서핑에 대한 흥미로운 단상과 섬세한 묘사는 이 복합적인 운동을 글로 그리는 데 많은 자극이 되었다. 더불어 인도네시아어로 된 각 챕터의 제목과 그 의미는 클리퍼드 기어츠의 『**극장국가 느가라: 19세기 발리의 정치체제를 통해서 본 권력의 본질**』(김용진 옮김, 눌민 2017) 말미에 붙은 용어 해설에서 따왔다. 소설 중간에 잠시 등장하는 발리 역사에 관한 서술 일부도 이 책을 참고했다.

4

주지하다시피 소설은 팬데믹이 본격화하는 시점에서 끝난다. 그후가 어떠했는지는 우리 모두, 각자의 영역에 한해서는 다른 누구보다 잘 알고 있을 것이다. 내가 아는 영역에서 이 재난은 의료인을 하나의 도상(圖像)으로 호명했다. 대표적인 사례가 '덕분에 챌린지'였는데, 민관을 가리지 않고 광범위하게 진행된 이 챌린지를 통해 실제로 응원을 받았다는 의료인을 좀체 보기 힘들었던 것은 비단 내 주변에 사람이 적기 때문만은 아니었을 터.

황이링, 까오요우즈가 쓴 『**과로의 섬: 죽도록 일하는 사회의 위험에 관하여**』(장향미 옮김, 나름북스 2021)에는 몇년 전 대만 전역을 뜨겁게 달궜던 사진 한장이 묘사된다. 암에 걸린 줄도 모르고 링거 바늘을 팔뚝에 꽂은 채 일했던 젊은 간호사의 사진이었다. 그리고 그것은 대만이 아닌 내가 일했던 일터들에서 내 친구가, 내 동료가 겪었던, 때문에 나도 심심치 않게 보았던 장면과 크게 다를 바 없었다. 책에는 대만 네티즌이 두패로 나뉘어 "어떤 이는 근무지를 굳건히 지키는 정신이 존경스럽다고 하고, 어떤 이는 간호사 업무 스트레스가 과중하며 부담이 과한 것이라고 비판했다"(164면)는 대목이 나온다. 존경심을 비치든, 비판을 하든 그뒤에 따라붙는 말은 직장인의 자살 사건을 다룬 인터넷기사 밑에 으레 달리는 댓글과 다르지 않았다.

"그렇게 힘들면 그만두면 될 것 아니냐?"

순진해서 더 저열해 보이는 이 질문에 대한 성실한 답변은 김영선이 쓴 『존버씨의 죽음: 갈아넣고 쥐어짜고 태우는 일터는 어떻게 사회적 살인의 장소가 되는가』(오월의봄 2022)에서 찾을 수 있었다. '그만둔다'는 행위가 심리적으로 매우 강한 두려움을 수반한다는 점, 근면 이데올로기에 이어 신자유주의적 인격이 한국인에게 내화된 점, '그만둔 이

후'의 대안이 될 만한 선택지가 부재한 점 등 이 책이 다루는 '그만두지 못함'의 역동을 살피면서 다영과 태경이 서로 다른 시공간에서 공유하게 되는 자기착취의 이면들을 추가로 구성했다.

시스템이 가한 폭력의 생존자였던 다영이 자기경영자적 주체이자 전파자로 거듭나는 아이러니는, 일터괴롭힘이 단순히 착취의 산물이 아니라 일로 느끼는 성취감과 직업에 대한 자부심 등이 복잡하게 엉켜 있다는 점에서 비롯됐다. 윌 스토의 『셀피: 자존감, 나르시시즘, 완벽주의 시대를 살아가는 법』(이현경 옮김, 글항아리 2021)은 디지털 플랫폼이 우리 자아를 게임화한 결과, 우리가 부족의 승인을 얻기 위해 경쟁적으로 경기에 임하고 있음을 다양한 사례로 보여준다. 이 책에서 제시되는 사례와 분석에 더해, 실제 인플루언서로 활동하고 있는 정은비님으로부터 실무적인 부분을 자세히 청취할 수 있었다. 이 지면을 빌려 감사의 마음을 전한다.

5

또한, 각자 다른 병원에서 간호보조인력으로 일했던 경험을 공유해주신 H님과 N님께 깊이 감사드린다. 그들이 겪은 비슷한 상황을 곁에서 보고, 이런저런 자료를 찾아보았다고 하더라도 직접 얘기를 듣고 나면 미처 몰랐거나 잘못 알고 있었던 부분이 우수수 쏟아진다. 그럴 때면 늘 내가 뭐라고 잘 알지도 못하는 삶에 대해 쓰고 있는 걸까, 라는 생각에 빠지곤 하지만 한편으로는 다 알지 못하기에 그 삶에 다가가고자 애쓰는 것 역시 작가의 일이 아닌가 하는 생각도 한다.

얼마 전에 오랫동안 비정규직으로 지내다 산발적인 투쟁을 거쳐 무기계약직으로 전환된 일군의 사람들을 만날 일이 있었다. 그들이 진술한 살인적인 노동환경을 자세히 옮겨 담을 수는 없지만 주로 사십대에서 육십대의 여성으로 이루어진 그 집단에서도 불면, 불안, 심한 우울감이 다수 관찰되었다. 그렇게 아픈 사람들을 많이 본 날이면 나도 아파진다. 이 아픔이 자족적인 나르시시즘으로 끝나지 않으려면 어떻게 해야 할지, 여전히 알지 못한다. 시간이 지난다 해도 알게 될 거라는 확신도 들지 않는다.

다만 할 수 있는 데까지 해보는 것. 어쩌면 이미 늦었을지도 모르나 그럼에도 너무 늦지 않기를 바라는 조금은 모순된 마음으로 이 소설을 썼다. 그 마음이 부디 전달되었기를 바란다.

끝으로 『문학3』 연재 당시부터 출간하기까지 긴 시간 동안 꼼꼼하게 챙겨준 창비의 이해인 편집자, 표지 일러스트를 그려준 요이한 작가, 추천사를 써준 김혼비 작가께 깊은 감사의 마음을 전한다.

덕다이브

초판 1쇄 발행/2022년 8월 10일

지은이/이현석
펴낸이/강일우
책임편집/이해인
조판/박아경
펴낸곳/(주)창비
등록/1986년 8월 5일 제85호
주소/10881 경기도 파주시 회동길 184
전화/031-955-3333
팩시밀리/영업 031-955-3399 편집 031-955-3400
홈페이지/www.changbi.com
전자우편/lit@changbi.com

ⓒ 이현석 2022
ISBN 978-89-364-3879-1 03810